KB073902

여기서 끝나야 시작되는 여행인지 몰라

여기서 끝나야 시작되는 여행인지 몰라

1판 1쇄 찍음 2020년 6월 17일
1판 1쇄 펴냄 2020년 6월 30일

지은이 김현 외
펴낸이 안지미
편집 유승재 박승기
디자인 안지미 이은주
제작처 공간

펴낸곳 (주)알마
출판등록 2006년 6월 22일 제2013-000266호
주소 03990 서울시 마포구 연남로 1길 8, 4~5층
전화 02.324.3800 판매 02.324.2846 편집
전송 02.324.1144

전자우편 alma@almabook.com
페이스북 /almabooks
트위터 @alma_books
인스타그램 @alma_books

ISBN 979-11-5992-314-2 03810

이 도서의 국립중앙도서관 출판예정도서목록CIP은 서지정보유통지원시스템 홈페이지http://seoji.nl.go.kr와 국가자료종합목록 구축시스템http://kolis-net.nl.go.kr에서 이용하실 수 있습니다. CIP제어번호: CIP2020024582

알마는 아이쿱생협과 더불어 협동조합의 가치를 실천하는 출판사입니다.

 이 책의 수익금의 일부는 국제엠네스티 한국지부에 기부됩니다.

종이 표지_마분지 105g/㎡ 본문_그린라이트 80g/㎡ 매직칼라 110g/㎡

여기서 끝나야 시작되는 여행인지 몰라

김현 외

참여 작가

•

고영범 서울예술대학 영화과 겸임교수와 경성대학교 영화과 초빙교수를 지냈으며, 현재는 미국에 거주 중이다. 지은 책으로 《에어콘 없는 방》을 비롯한 여러 편의 희곡이 있으며, 옮긴 책으로 《레이먼드 카버: 어느 작가의 생》《로버트 로드리게스의 십 분짜리 영화 학교》《불안》이 있다.

구현성 만화와 일러트스 작업을 하고 있다. 대표작으로 〈망상의 집〉〈smog〉〈unspace〉〈undead〉 등이 있고, 《별무리》《인코그니토》《빈티》 등의 책과 여러 컨셉 아트 포스터를 작업하였다.

국동완 회화, 책, 조각 등으로 세상과 소통한다. 2011년 갤러리팩토리에서 첫 개인전을 가졌고 스코틀랜드 글렌퍼딕 아티스트 레지던시, 금천예술공장 입주 작가로 활동했다. 독립출판 '바운더리북스'를 운영하며 《침몰한 여객선에서 건져 올린 것들》《The automatic message》《Some dreams don't come and some dreams don't go》를 펴냈다.

김용관 홍익대학교에서 판화를 전공했고, 경기창작센터, 난지미술창작스튜디오, 고양창작스튜디오의 입주작가로 있었다. 어떤 가정, 설정, 규칙이 구축하는 시공간, 이미지, 이야기에 관심이 많다.

김태헌 그림을 전공했다. 전시는 성곡미술관, 스페이스몸미술관 외 17회의 개인전을 가졌으며, 책 작업으로 《공간의 파괴와 생성》《1번국도》《붕붕》《빅보이》《연주야 출근하지 마》가 있다.

김현 2009년 《작가세계》 신인상을 수상하며 작품 활동을 시작했다. 시집 《글로리홀》《입술을 열면》과 산문집 《걱정 말고 다녀와》《아무튼, 스웨터》《질문 있습니다》《당신의 슬픔을 훔칠게요》 등을 썼다. 2015년 김준성문학상, 2018년 신동엽문학상 등을 수상했다.

김현정 덕성여자대학교와 한국예술종합학교에서 평면조형을 전공했다. 2009년 〈always somewhere〉, 2012년 〈열망Desire〉 등 지금까지 6회의 개인전과 다수의 그룹전을 가졌다.

남궁인 고려대학교 의과대학을 졸업하고 고려대학교 병원에서 응급의학과 전문의를 취득, 현재 이대목동병원 임상조교수로 재직 중이다. 《만약은 없다》《지독한 하루》《제법 안온한 날들》을 썼다.

문보영 2016년 중앙신인문학상을 수상하며 작품 활동을 시작했다. 시집《책기둥》, 산문집《사람을 미워하는 가장 다정한 방식》을 썼다.

문성실 미생물학 박사, 감염/면역학을 전공해 미국에서 백신 연구를 하고 있다.

배수연 2013년《시인수첩》에서 작품 활동을 시작했다. 시집《조이와의 키스》《가장 나다운 거짓말》을 썼다.

백두리 홍익대학교 시각디자인과를 졸업하고 일러스트레이터로 활동하고 있다. 그린 책으로는《말하자면 좋은 사람》《빗방울처럼 나는 혼자였다》등 90여 권이 있고, 쓰고 그린 책으로는《솔직함의 적정선》《혼자 사는 여자》《나는 안녕한가요?》《그리고 먹고살려고요》등이 있다.

서윤후 2009년《현대시》로 등단했다. 시집《어느 누구의 모든 동생》《휴가저택》《소소소》가 있으며, 산문집《방과 후 지구》《햇빛세입자》등이 있다.

손보미 2009년《21세기문학》신인상을 받고, 2011년 동아일보 신춘문예로 등단하며 작품 활동을 시작했다. 소설집《그들에게 린디합을》《우아한 밤과 고양이들》, 장편소설《디어 랄프 로렌》, 중편소설《우연의 신》을 썼다. 한국일보문학상, 김준성문학상, 대산문학상, 제3회 젊은작가상 대상 등을 수상했다.

신요조 글 쓰고 노래하고 영화 만들고 제주에서 '책방 무사'를 운영한다. 지은 책으로《오늘도, 무사》《눈이 아닌 것으로도 읽은 기분》등이 있다.

안희연 2012년 창비신인시인상을 수상하며 작품 활동을 시작했다. 시집《너의 슬픔이 끼어들 때》《밤이라고 부르는 것들 속에는》과 산문집《흩어지는 마음에게, 안녕》《당신은 나를 열어 바닥까지 휘젓고》를 썼다.

우연식 만화와 일러스트 작업을 한다. 관계의 역학에 관심이 있고, 편견을 담지 않은 장면을 그리는 데 집착하는 편이다. 간간히 책과 인쇄물을 만들어내고 있다.

윤명숙 시니어 에세이스트. 아무튼 화가. 한때는 화가 박서보의 아내로 살았으나 뒤늦게 자기 삶을 찾는 80세 위풍당당 여성. 파란만장 개인사를 기록 중이다.

이부록 그래픽, 설치 등 다양한 미디어를 활용하면서, 기호와 상징을 통해 사회에 대한 분석을 시도하는 작업을 하고 있다.

이상홍 한국예술종합학교 미술원 조형예술과를 졸업했다. 2010년 서울시극단 '시민연극교실'에서 연극을 공부하고 2011년 2인극단 '두비춤' 창단에 참여 후 연극배우로도 활동 중이다. 2008년 '서울드로잉클럽' 결성 후 현재까지 기획, 전시, 출판에 참여했으며 2012년부터 현재까지 특정 소규모를 위한 문화공간 '홍살롱'을 운영하고 있다. 2019년부터 매년 봄과 가을에 제주 윈도심 샛물골 마당집에서 '이작가와끼니'를 진행 중이다.

이지유 서울대학교 사범대학 지구과학교육과를 졸업하고, 같은 대학교 자연과학대학 천문학과에서 천문학을 공부했다. '별똥별 아줌마가 들려주는 과학 이야기'와 '이지유의 이지 사이언스' 시리즈를 비롯하여 어린이, 청소년, 성인 모두가 발견의 기쁨을 맛볼 수 있는 과학책을 만들고 있다.

장석주 1979년 조선일보 신춘문예에 시가 당선하고, 같은 해 동아일보 신춘문예에 문학평론이 입선하며 등단하였다. 《사랑에 대하여》《일상의 인문학》《이상과 모던뽀이들》《철학자의 사물들》《마흔의 서재》《일요일의 인문학》《은유의 힘》《호젓한 시간의 만에서》 등의 책을 썼다.

장은수 편집문화실험실 대표. 읽기 중독자. 천상 편집자이지만, 때때로 글도 쓴다. 저서로 《출판의 미래》《같이 읽고 함께 살다》 등이 있다.

정지돈 2013년 《문학과사회》 신인문학상을 받으며 작품 활동을 시작했다. 소설집 《내가 싸우듯이》《우리는 다른 사람들의 기억에서 살 것이다》 등이 있다. 2015년 젊은작가상 대상, 2016년 문지문학상을 수상했다.

최재훈 만화와 일러스트 작업을 하고 있다. BTS RM의 뮤직비디오 〈Forever Rain〉을 연출했고, 미국 NASA에서 열린 몽 블랑 글로벌 캠페인의 비주얼 작업에 참여했다. 지은 책으로 《조형의 과정》《꿈속의 신 1》《친구의 부름》이 있다.

최지은   2017년 창비신인시인상을 수상하며 작품 활동을 시작했다.

황인찬   2010년 《현대문학》으로 작품 활동을 시작했다. 시집 《구관조 씻기기》《희지의 세계》를 썼다. 2012년 김수영문학상을 수상했다.

Open Hands   해외 식수오염지역의 정수필터 지원 및 마을자립기반 지원 등 생명을 살리고 사람을 세우기 위한 다양한 사업들을 통해 선한 영향력의 확대와 지속가능한 변화를 만들어가고 있는 비영리사단법인이다.

poroni   그래픽 디자이너이자 일러스트레이터이다. 로드아일랜드스쿨오브디자인에서 회화를 전공하고 서울대학교 미술대학원에서 시각디자인 전공으로 석사와 박사학위를 받았다. 현재 서울시립대학교 교수로 재직 중이다.

나는 어떠한 역경 속에서도,
심지어 지구가 황폐해지더라도
인간의 삶과 문화적 풍요는
생존할 것이라는 희망을 감히 품는다.

올리버 색스

지금 우리가 사는 방법

매일 아침 일곱 시면 어김없이 라디오를 켠다. 오늘 방송은 프랑스 작은 마을의 화가 이야기로 시작했다. 코로나 시대를 살며 화가는 매일 아침 새로운 작품을 그의 집 발코니에 내건다고 한다. 전시를 열 수 없는 상황에서 차선으로 선택한 발코니 전시회이자 팬데믹으로 집 안에 갇혀버린 마을 주민들에게 건네는 위로의 메시지인 것이다.

어느 날 갑자기 찾아온 바이러스는 우리 삶의 일상을 무서운 속도로 바꿔놓았다. 동네책방에서 오순도순 모여 서로의 생각을 나누는 소박한 모임도, 답답한 일상을 벗어나기 위해 훌쩍 떠나는 여행도, 먼 곳에 사는 그리운 친구를 만나러 가는 일도, 공연장에서 느낄 수 있는 예술가들의 생생한 땀의 성취도….

의지와 노력만으로 언제든지 누릴 수 있다고 믿었던 모든 것들이 송두리째 흔들리면서 불안과 우울, 무력감이 현실의 시간을 허공에 조각내버리는 듯했다. 그렇게 조각난 허무의 시간들을 보내면서 어느새 2020년의 절반이 지났다.

2020년 지금의 우리는 또 당신은 어떻게 살고 있을까? 어떻게 살아야 할까?

세상의 모든 이들 가운데 시간을 견뎌내고 견뎌온 시간을 차곡차곡 쌓아 언어로 그림으로 치환하는 작가들의 이야기가 궁금했다. 여기 그렇게 이 책 《여기서 끝나야 시작되는 여행인지 몰라》에 코로나로 뒤덮인 시대를 함께 살고 있는 스물아홉 명의 작가들의 시와 산문 그리고 그림이 담겼다.

세상이 온통 불안과 우울의 블루로 물들고 있지만 이 책을 만드는 동안 우리는 시인의 문장처럼 행복한 사람의 얼굴이 되었다. 퇴근길에 치킨을 사들고 길을 걸으면서, 현대무용가의 벅찬 공연을 온라인으로 함께 나누면서, 예술가가 하루에 단 열두 개만 굽는다는 베이글을 사러가는 상상을 하면서….

우리가 이루어낼 수 있는 유일한 기적은 계속 살아가는 것이라는 주제 사마라구의 《눈먼 자들의 도시》의 문장처럼 오늘도 유일한 기적을 이루어낼 당신에게 안부를 묻는다.

잘 지내시나요?
잘 지내세요!

흔쾌히 참여해주신 작가들께 감사드리며

안지미

일러두기

• 《여기서 끝나야 시작되는 여행인지 몰라》는 각자 고립된 팬데믹 상황에서 삶의 의미를 나누기 위해 스물아홉 분의 작가들이 시와 에세이 그리고 그림으로 참여하여 만든 앤솔로지입니다.

• 이 책은 양방향에서 시작되는 책으로, 에세이로 시작하는 표지와 시로 시작하는 표지가 각각 있으며, 편의상 에세이에서 시작하는 표지를 앞표지로, 시에서 시작하는 표지를 뒷표지로 구분하며, 앞표지와 뒷표지는 거꾸로 되어 있습니다.

• 책의 하단의 쪽수는 에세이의 경우 'E'를, 드로잉의 경우 'D'를, 시의 경우 'P'를 각각 쪽수 앞에 두어 혼란을 줄이고자 하였습니다.

차례

에세이 Essay

드로잉 Drawing

시 Poetry

여기서 끝나야 시작되는 여행인지 몰라

—

에세이

—

김현

윤명숙

신요조

남궁인

손보미

문보영

서윤후

장석주

문성실

이지유

장은수

고영범

정지돈

행복한 사람

김현

•

행복에도 크기가 있을까요?

요즘 행복에 관해 자주 생각합니다. 크고 무거운 행복이
아니라 작고 가벼워서 어디든 들고 갈 수 있고, 언제든 버
릴 수 있고, 누구와도 나눌 수 있는 행복이요. 시시한 생각
이지만, 창문을 활짝 열고 방바닥에 누운 채 생각에 생각을
잇다 보면 '이거 꽤 행복한걸' 하고 어깨를 으쓱하게 되기도
합니다. 행복을 생각하는 것만으로도 행복에 이르노니. 엄
청 근엄하게 말한다면, 그런 주제를 담은 무수한 글들처럼
듣는 사람의 맥이 탁 빠지겠죠? 하지만 맥 빠지는 행복도,
있을 수 있는 행복.

"거기, 아무개 회사원 씨. 밤새 보고서를 작성했는데 회
의가 일주일 뒤로 미뤄졌을 때, 잠시 행복하셨나요?"

어젯밤에는 잠을 깊이 잤습니다(행복). 가벼운 몸으로 시원한 물 한 잔을 마시며, 햇볕에 바짝 말려 보송보송한 수건에 얼굴을 닦으며 행복했습니다. 새벽에 흩뿌린 비 덕분에 맑음이 한결 더 마음에 스미는 날씨. 출근하면서 올려다본 초록 나뭇잎들과 지하철에서 읽은 시집 덕분에 행복했습니다. 사방이 파티션으로 둘러싸인 동료들과 견주면 창가 바로 옆자리에 앉은 저는 행복한 사람. 일하다가 잠시 고개를 돌려 '아, 볕이 좋구나.' '우울한 봄비네.' '나뭇가지가 저리 흔들리는 걸 보니 바람이 강한가 보네.' 하고 자신의 마음을 날씨에 비추어 볼 수 있음은 누구나 누릴 수 없는 사무 생활의 행복이지요.

손을 씻으면서는 (월요일이라는 것도 잊고) 절로 콧노래를 불렀습니다. 주말에 마침 덥수룩했던 머리카락을 다듬었던 터라 괜히 말끔한 사회 초년생으로 돌아간 것 같은 기분. 거울 속 저 자신에게서 싱그러움을 찾기도 했습니다. 월요일 아침에 싱그럽기란 그리 쉬운 일이 아니지요.

점심에는 부재중 전화 한 통. 불현듯 자개로 꾸민 경대 앞에 앉아 파마머리에 한껏 볼륨을 넣어주며 "오늘은 드라이가 잘 먹네." 하고 웃던 젊을 적 영희 씨가, 칠순을 바라보는 어머니의 얼굴이 떠올랐습니다. 부모가 아직 건강하게 살아 있다는 사실은 잊은 채로 지내다가 새삼 깨치는 행복중 하나지요.

지난 일요일에는 부고를 받았습니다.

살아 있다는 행복을 느꼈던 한 사람이 홀연히 떠났음을 알리는 문자 메시지에는 이런 문구가 덧붙어 있었습니다.

'코로나19로 인해 조문은 정중히 사양합니다.'

사양이라는 단어에는 여러 뜻이 있습니다.

겸손하여 응하지 않거나 받지 않음. 또는 남에게 양보함. 물품을 만들 때 필요한 설계 규정이나 제조 방법. 짐승을 먹여 기름. 사냥의 (강원, 함경) 방언. 새로 나타나는 것에 밀려서 낡은 것이 점점 몰락하여 가는 것을 비유적으로 이르는 말. 그리고 해 질 무렵에 비스듬히 비치는 햇빛.

이런 식으로 활용할 수 있습니다.

그는 잠든 아버지의 얼굴에 비친 사양을 보며 오늘 저녁 상엔 지난봄에 담가둔 살구주를 올려야겠다고 마음먹었다.

잠든 부모의 얼굴을 유심히 들여다본 자식들이 몇이나 있을까요? 저는 그런 아버지의 얼굴을 제대로 본 적이 없습니다. 잠시 세상에 대한 기대도, 적의도 내려놓은 얼굴을 보면 어쩐지 우울함을 느끼리라 추측했습니다. '아버지의 얼굴'을 알게 될까 봐, '자식의 얼굴'을 들켜버리는 건 아닐까 염려했습니다. 철부지 때의 생각입니다. 지금은 잠든 부모의 얼굴을 들여다보는 일쯤은 껌이지, 하면서도 막상 실행으로 옮기지 못하는 겁쟁이. 자식들은 '그때 부모의 나이'

가 되는 경험을 통과하며 차츰 부모의 삶을 이해하게 되지요. 부모의 삶을 이해한다는 건 결국 자식(나)의 삶을 설명할 수 있게 된다는 것. 마흔이 되고 보니 그때 마흔의 부모란 애송이. 칠순이 되어 (이제 여기 없는) 그때 칠순의 부모를 되돌아보면서 저는 저의 어떤 면을 어렴풋하게나마 짐작하게 될까요.

지난해 아버지를 여의고 부쩍 철이 든 친구는 부모 살아 계실 적에 자주 찾아뵈라고 맥이 빠지는 소리를 수시로 하였습니다. 그때마다 그의 눈매는 깊어졌지요. 울어버리는 사람보다는 울음을 참는 사람의 수심이 더 아득한 법이니까요.

아, 죽음은 분명 작고 가벼운 행복은 아닌 것 같습니다.

그러나 조문하고 돌아 나올 땐 누구나 살아 있을 때 소박한 행복을 누리자고 다짐하지요.

"저는 이제 삶을 정중히 사양합니다."라는 유언을 남기며 이른 나이에 스스로 목숨을 끊은 소설가도 있지만, 저는 사랑을 갈구하고 병중에도 쓰기 위해 고통을 견디었던—더는 여기 없는—소설가에게서 더 많은 위안을 얻습니다. 그런 이가 쓴 글을 읽으면 자연히 묻게 됩니다. 아침 새들의 지저귐은 어쩜 저리도 경쾌할까. 잠시 귀를 열어 매일 들을 수 있었으나 듣지 못했던 소리를 듣는 일로도 행복은 계속됩니다.

봄이면 이소라의 〈눈썹달〉 앨범을 자주 찾아 듣습니다. "하루 종일 그대 생각뿐입니다"라는 가사로 시작하는 노래를 흥얼거리며 다니지요. 얼마 전엔 회식하며 소취小取해서 동료들에게 내가 그만둘 때까진 회사를 그만두지 말라고 하였습니다. 그 후로 가끔 출퇴근이 없는 삶에 관해 구상합니다. 퇴직과 인생 2막에 대해 자주 고민하는 동료를 볼 때면 '탈서울'을 떠올리고, 그러면 서울 떠나 속초나 제주에 가 사는 친구들이 그리워, 안부를 전합니다.

이런 봄은 매해 어김없이 돌아오는데 이번엔 생동하는 만물—무엇보다 새싹과 꽃망울—에 경탄하면서도 인류의 종말을 상상했습니다. 전염성이 강한 질병은 우리의 문명이 자연 앞에선 하찮은 것임을, 인간이란 본디 자연의 설계에 포함된 것임을 일깨워 줬습니다. 그런 염려와 성찰 속에서 홀로, 한밤에, 음악을 듣고, 그림을 보고, 시를 읽었습니다.

베르메르의 그림 〈우유를 따르는 여인〉(1658)은 단지에서 그릇으로, 하루 또 하루 우유를 따르는 노동이, 삶이 빛나는 것임을 구체적으로 보여줍니다. 시인 쉼보르스카는 다섯 행짜리 짧은 시 〈베르메르〉에서 예술을 통해 얻는 감동이 강력한 희망임을 전하지요.

먼 훗날 언젠가 최후의 인간이 마주하는 베르메르의 그림, 쉼보르스카의 시, 이소라의 노래는 그에게 어떤 생존의 근거를 전해줄까요. 혹시 한 방울의 눈물은 아닐까요. 봄에는 누구나 자주 감격합니다. 희망적인 사람이 된다는 것이지요.

아. 산다는 건 분명히 죽음보다는 작고 가벼운 행복인 것 같지요.

퇴근길 마을버스에서 행복한 사람의 얼굴을 보았습니다. 양복 차림의 그이 손에는 처갓집양념통닭이라는 상호가 적힌 흰 봉지가 들려 있었습니다. 마스크를 뚫고 들어오는 갓 튀긴 통닭 냄새 때문에 버스에 있던 여러 사람이—어쩌면 저 혼자—행복했습니다. 행복한 사람은 남도 행복하게 해준다고 엄청 진지하게 말한다면 맥이 풀리려나요? 답답한 마스크를 벗고 '1인 1치맥' 하며 넷플릭스를 시청하는 사람의 해맑은 얼굴은 보지 않아도 잘 알 것만 같고, (입술도 가지런할 것처럼 보이는) 쌍꺼풀이 없는 담백한 눈매의 그이는 조용히 말하고 있는 듯했습니다.

행복을 생각하는 것만으로도 행복에 이르노니. 탁!

슬기로운 방콕생활

윤명숙

·

　코로나바이러스가 한참 위력을 부리던 지난 4월에 나는 생각지도 않던 고추장을 담갔다.

　장 담그는 시기는 구정 지나고 겨울 날씨 풀릴 때쯤, 바람은 쌀쌀하고 햇볕은 쨍할 때가 가장 좋다. 실없는 말이지만 코로나와 고추장은 특별한 관계랄 게 없다.

　주택에 살 때는 당연히 장도 담그고 김장도 했다. 그러다 아파트로 옮기고부터는 그 일에서 손을 놓았다. 몇십 년을 끼고 산 장독들과 불필요해진 갖가지 도구들은 모두 농사 짓는 조카네로 트럭 한가득 실어 보냈다. 섭섭했지만 앓던 이가 빠진 것처럼 시원했다. 그때는 어찌 알았겠는가? 먼 이십 년 뒤에 고추장 담글 일이 다시 생길지.

　코로나 때문에 사회적 거리를 두고부터는 지척의 아이들

도 발길을 줄였고 평소에도 외출이 잦은 편은 아니었지만 코로나 이후로는 운동도 하고 바람도 쐴 겸 설렁설렁 동네를 한 바퀴 도는 것이 나의 일과다. 그러다 보니 이전에는 놓치고 살던 것들이 눈에 들어온다. 운전하며 지날 때는 한 번도 보지 못했던 구석진 곳에, 오밀조밀 꾸며놓은 가게 안을 기웃거리는 재미가 제법 쏠쏠하다.

'동네 한 바퀴' 마지막 코스는 꽃집이다. 내가 사는 연희동의 먹거리 골목에는 용케 꽃집이 세 군데나 남아 있다. 정원이 있는 단독 주택이 많은 동네다 보니 꽃 종류도 정원에 어울리는 개량종 야생초를 많이 갖다 놓는다. 들풀 같은 야생초를 잔뜩 사다가 정원 여기저기에 욕심껏 심었다.

돌과 이끼만으로 고즈넉하게 꾸민 우리 집 정원이 내 손을 타고 망가질 때쯤, 그러니까 더는 심을 땅이 없어진 어느 날 아침, 설거지를 끝내고 시계를 보니 모든 것이 평소보다 일찍 끝났다. 할 일을 찾아 서성대다가 냉장고 청소를 시작했다. 코로나가 무서워 장보기를 줄였더니 냉동실에 꽉 차 있던 먹을거리가 줄어들면서 구석기 시대에 조카―농사 짓는 그 조카 말이다―가 보내준 태양초 고춧가루가 불거져 나왔다.

그 바람에 이십 년 전에 이미 항아리며 고무 대야, 나무 주걱까지 싸잡아 시골로 보내버린 것은 까맣게 잊고, 오랜만에 장이나 담아볼까 뜬금없는 맘을 먹게 된 것이다. 개운

하게 냉장고 청소를 했으면 편히 쉬든지 아니면 옷장 정리나 할 것이지 난데없이 고추장 담글 생각을 하다니….

그런데 더 어이없는 일은, 고추장 담기로 말하자면 평생 수십 번도 더 담갔을 베테랑인 내가, 세월이 많이 흘렀어도 그렇지, 막상 담그려니 머릿속이 캄캄했다. 급기야 검색창에서 고추장 레시피를 찾아본 후에 혼이 쏙 빠져서 마스크도 안 쓴 채 허둥지둥 마트로 달려갔다.

나는 찹쌀가루와 메줏가루 그리고 엿기름만을 사 왔다. 레시피에는 물엿도 준비하라고 돼 있었지만 사지 않았다. 요즘은 엿의 사용처가 참으로 다양하다.

우선 엿기름과 물을 섞고 서너 시간 우린 다음, 바락바락 주물러 걸러낸 물을 한 시간쯤 가라앉혀 맑은 윗물만 따랐다. 힘쓰는 일은 한축 끝난 셈이다. 나는 느긋하게 저녁도 먹고 소파에 널브러져 티브이를 보며 허리가 아프다는 핑계로 엿기름 끓이는 일을 다음 날로 미뤘다.

아침에 일어나 엿기름물을 보니 노리끼리하게 잘 삭아 달착지근한 냄새를 풍기고 있었다.

서둘러 아침밥을 해 먹고, 설거지도 하고, 뉴스를 들으며 차도 마시고,―그사이에 세탁기도 돌리고 베란다 건조대에 빨래를 털어 널기까지 했다―잠시 방심하는 사이 해가 중천에 떴다.

이제 슬슬 고추장을 담아볼까 하고 엿기름물을 들여다보

니 이게 웬일인가? 거품이 뿌글뿌글 올라오고 시큼한 냄새가 진동했다.

그제야 정신이 번쩍 들어 허둥지둥 센 불에 올려놓고 끓였지만, 신맛은 가시지 않았다. 난 눈을 질근 감고 싱크대 하수구에 엿기름물을 쏟아 부었다. 뜨거운 김이 얼굴에 확 끼쳤다. 버럭 화가 치밀었다.

그 힘으로 한달음에 달려 나가 엿기름을 다시 사 왔다. 실수를 만회할 생각에 마음이 급하니 시간을 두고 천천히 삭힐 여유가 없었다. 식식대며 걸러낸 엿기름물에 찹쌀가루를 풀고 다짜고짜 불 위에 올려 끓였다. 결국, 결국… 찹쌀풀이 되었다. 더불어 나의 기세는 그만 풀이 죽고 말았다. 고춧가루 풀고, 메줏가루 섞고, 소금으로 간 맞추고, 열나절 주걱으로 어깨가 비명을 지를 때까지 돌리고 또 돌렸지만 삭히지 않은 찹쌀풀은 나긋해질 기미를 보이지 않았다.

어찌어찌 고추장이랍시고 버무려 놓기는 했는데 색마저 빨갛게 살아날 기색이 없었다. 그렇다면 숙성이라도 잘해볼 요량을 하는데, 올봄은 기온도 높고 비도 자주 오니 열심히 항아리 대용인 플라스틱 통을 들고 햇빛을 따라다녀야 할 것만 같다.

이틀이나 고추장과 씨름하였다. 덕분에 나는 잠시나마 코로나를 잊고 있었다. 손에 쥔 것은 없지만 살짝 행복하기까지 했다. 뭐 그렇다고 바이러스로부터 자유로워진 것은 아니다. 여전히 밖으로 나가기가 두렵다. 조심한다고 위험에서 벗어날 수 있을 것 같지도 않다. 그냥 시간이 흘러가기를 기다릴 뿐.

꽃무늬 마스크를 쓰면 팔자 주름도 가려주고, 꽃집도 들락거리고, 젊어서 잘했던 뜨개질도 하고, 그림도 그리고, 사부작사부작 혼자 들어앉아 할 일은 얼마든지 있다. 결과에 실망만 하지 않다면 그동안 팽개쳐두었던 일을 다시 시작하는 좋은 기회이기도 하다.

실없이 들리겠지만, 결코 나쁘지 않은, 코로나 방콕생활이다.

자는 얼굴

신요조

.

집밥밖에 모르는 부모님은 특별한 날 가끔 외식을 하는데 그때 가는 식당은 거의 정해져 있다. 쌍문동의 어느 불고기집이다. 나는 이제 고기를 먹지 않는 사람이 되었지만 일 년에 몇 번은 부모님과 맛있게 먹는다. 간단한 효도라고 생각하고 있다.

우리는 작년 어버이날에도 이 불고기집에 갔다.

백기녀(어머니)는 야무지게 고기를 굽고 신중택(아버지)과 나는 맥주를 마신다. 이런 저런 대단할 것 없는 말들을 나눈다. 이곳에 올 때마다 그렇게 한다. 고깃집 특유의 흥과 기운 속에서 세 사람의 목소리가 조금 높고 크다. 그렇게 나누는 대화중에 백기녀는 언제나, 아직도 신중택을 너무너무 사랑한다는 말을 한다. "가끔 술먹고 속썩여서 그렇지 나는 옛날이나 지금이나 네 아빠를 정말 사랑해. 가끔 옆에서 자고 있는 거 보고 있으면 그렇게 안됐고."

자고 있는 걸 보면 불쌍하다는 말은 신중택이 나랑 있을 때 자주 하는 말이기도 하다.

나는 부모님 댁에 갈 때마다 신중택과 밤늦도록 티브이를 보면서 술을 마신다. 〈개그콘서트〉나 〈코미디 빅리그〉 같은 것을 보면서 대화 없이 낄낄거리며 술을 마실 때도 있고, 축구 경기를 보면서 목이 쉴 만큼 고함을 칠 때도 있다. 내셔널지오그래픽의 다큐멘터리를 보면서 철학적인 이야기를 나누거나, 선거철 후보들의 토론회를 보고 나서 각자의 정치적 신념을 말하고 듣느라고 동이 틀 때까지 마시기도 한다. 아무튼 우리 둘은 티비를 되는대로 틀어놓고 그것을 소재 삼아 맥주를 마시며 얘기하는 걸 좋아하고, 그때 백기녀는 소파에 드러누워 우리의 대화에 몇 번 참견을 하다가 먼저 잠이 든다. 그러면 신중택은 자고 있는 백기녀를 물끄러미 보다가 꼭 그런 말을 했다.

"네 엄마 자고 있는 거 가만 보고 있으면 그렇게 안돼 보인단다."

한몸처럼 같이 잠이 들고 같이 눈을 뜨던 연애 초반을 지나며 이종수(애인)와 나는 다른 일을 하다 제각각 잠이 들 때가 많아졌다. 방에서 글을 쓰다가 거실로 나와 보면 플레이스테이션을 하던 이종수는 헤드셋을 쓴 채 잠이 들어 있다. 거실에서 고양이들과 놀아 주다가 슬슬 잘 준비를 할까 하고 방에 들어온 이종수는 책을 읽다가 잠이 든 나를 발견한다. 그 모습은 예쁘고 멋지기보다는 눈을 뜨고, 침을 흘리고, 괴상한 포즈인 채일 때가 많았다. 우리는 자연스럽게 서로의 자는 모습을 놀리곤 했다. 자신은 절대 코를 골지 않는다는 이종수에게 내가 전날 녹음한 코고는 소리를 들려주거나, 내가 보통 표본실의 개구리 같은 모양새로 잔다는 것도 알아가면서 말이다. 그리고 그 시절은 슬그머니 끝나버렸다. 이종수는 이제 불현듯 생각난 것처럼 '어제 신수진 자는 모습 정말 대박이었는데' 라고 말하고는 그만이다. 나 역시 이종수의 자는 모습을 두고 놀리는 데 흥미를 잃었다. 더 정확하게 말하자면 언제부터였는지 이종수가 우스꽝스럽게 자고 있는 모습을 보면 웃기는게 아니라 오히려 마음이 슬퍼지는 쪽에 가까워졌다.

이종수의 자는 얼굴을 바라보고 있다가 소리죽여 우는 적이 가끔 있다. 입을 약간 벌린 채 속편하게 자고 있는 그 모습이 정말이지 죽음의 얼굴과 닮아 있기 때문이다. 이종수가 죽게 되면 이런 얼굴일까. 영문도 모르고 곤하게 자고 있는 얼굴 앞에서 그런 생각을 하면서 혼자 청승맞은 예행을 하다 보면 지금의 초초분분이 얼마나 지극하게 소중한 것인지, 이런 귀한 시간을 마냥 흐르게 두고서 바보 같은 얼굴로 잠들어 있는 이종수가 얼마나 연약하고 가여운 존재인지 절절히 느껴진다.

이종수는 이제 개다리춤을 추는 듯한 모습으로 자고 있는 나를 봐도 컥컥거리면서 웃는 일 없이 그저 덤덤하게 다리를 모아주고 이불을 다시 제대로 덮어주고 이마 위로 흘러내린 머리카락을 쓸어준다. 가끔 안쓰러운 사람 앞에서 낼 법한 탄식을 하면서 이마에 입을 맞춰줄 때도 있다. 나는 그때마다 잠에서 어렴풋이 깨지만 다만 눈을 감은 채로 이종수도 나의 자는 얼굴을 옛날과는 다른 마음으로 대하게 되었나 보다 짐작한다.

사랑하는 타인의 자는 얼굴을 바라보며 단순히 웃기거나, 평화로워보인다거나 하는 것을 넘어 연민을 느끼게 되는 것은 왜일까. 김소연 시인은 《마음사전》이라는 책에서 연민이라는 감정을 '대상에 대한 합일'에서 생기는 것으로 정의한다. '너'와 '내'가 긴밀하게 연결되어 있다는 믿음이 정말 믿어짐으로 이어질 때, 비로소 '너'의 자는 얼굴은 '나'에게 거부할 수 없는 비감을 불러일으키게 되는 것일까.

'우리는 모두 연결되어 있다'는 말을 매일 실감하며 요즘을 지낸다.

명상센터에서나 할 법한 말이라고 생각해왔는데 사실은 매일 아침 양치질하며 명심해야 할 생활의 당부라는 걸 깨달았다. 모호하고 뜬구름 잡는 비유가 아니라 1 더하기 1은

2가 되는 것처럼 군더더기 없이 명백한 연산 같은 말이라는 것도, 위아더월드식의 낭만이 아닌 살벌한 경고의 말이라는 것도 알게 되었다.

"한 시간도 못 주무신다는 이야기가 있다"는 기자의 질문에 "한 시간보다는 더 잔다"고 대답한 정은경 질병관리본부장을 보면서 나는 그녀의 한 시간 남짓의 자는 얼굴을 무심코 떠올렸다.

의료진들의 수척한 얼굴에 나 있는 보호구 자국을 보면서는 저 자국은 너무나 깊어서 자는 얼굴에서도 내내 사라지지 않겠다고 생각했다.

사람 하나 없는 빈 가게에 유니폼을 입고 우두커니 앉아 있는 얼굴을 스쳐지나갈 때. 문 앞에 택배 박스를 놓고 가는 얼굴을 볼 때. 약국에서 매일 마스크를 나누어주는, 형광옷을 입은 채 거리를 쓸고 쓰레기를 수거해 가는, 격리되어 있는 사람들을 위해 구호물품을 준비하는, 기꺼이 현장으로 봉사를 자진하는 얼굴을 볼 때.

저 얼굴들이 마스크를 시원하게 벗고 두 눈을 자연스럽게 감고 미간의 긴장도 풀고 코를 골기도 하면서 자는 모습을 생각했다.

바이러스와 사투하고 있던 이탈리아의 노신부가 자신의 산소호흡기를 젊은 환자에게 양보하고 숨졌다는 기사를 읽었을 때도 나는 그 신부님의 자는 얼굴을 떠올렸다.

세계 최연소 사망자라고 하는 미국 코네티컷주의 생후 6주 아기에 대한 기사를 읽었을 때에도 나는 조막만 했을 자는 얼굴을 생각했다.

나와 반드시 연결되어 있는 그 많은 사람들의 자는 얼굴을, 그 나약한 존재들을 매일 떠올려보면서, 그리고 그렇게 연민에 취한 채 아늑한 잠자리에 드는 나의 팔자 좋음에 치를 떨면서 매일 잠이 든다.

며칠 전에는 눈을 뜨자마자 어마한 무력감이 느껴져 오전 내 일어나지도 않고 침대에 누워 눈만 껌벅이고 있었다. 그때 위아래(친구)에게 문자가 왔다. "나는 왜 이렇게 타인의 불행에 쉽게 흔들리는 걸까."

조금 뒤에는 조소정(위고 출판사 대표, 친구)에게 문자가 왔다. "과연 언제까지 이럴까. 이후엔 어떤 삶이 기다리고 있을까."

내가 시도 때도 없이 자는 얼굴을 생각하며 지내고 있는 것처럼 모두가 무엇인가를 생각하고 있다. 그러면서 하루씩 하루씩을 견디고 있다. 다들 무엇을 생각하고 있을까. 나는 위아래와 조소정의 자는 얼굴을 상상하면서 가만히 궁금했다.

그리고 삶은 지속된다

남궁인

•

하나

어느 날 팬데믹은 왔다. 그것은 보통 사람들에게는 보이
지 않는 것이었지만, 언론과 타인의 입으로 공고해지고 실
체화했다. 사람들은 공포를 학습해갔다. 인터넷에서도 티
브이에서도 '코로나'는 하루 종일 반복되었다. 확진자 동
선, 사망자 정보, 텅 빈 거리와 방역당국의 발표, 전문가의
한마디와 무엇인가를 선언하는 외국 대통령 순서였다. 팬
데믹 관련 뉴스를 제외하면 세상에 다른 뉴스는 없는 것 같
았고, 인류는 미지의 질병에 휩쓸려 서서히 사라질 것처럼
보였다.

길거리의 사람들부터 증발한 것처럼 사라졌다. 기저에는
생명의 위협과 공포심뿐 아니라 다른 많은 요소가 복합되

어 있었다. 자신이 혹시나 감염원이 될 수 있다거나 행적이 드러나 손가락질 당할 것이라는 두려움이 있었다. 우리는 공공 사회에서 지켜야 할 도덕을 강하게 학습받았다. 또한 지탄받기가 얼마나 쉬운지, 그들의 말로가 어떻게 되었는지 똑똑히 보았다. 사람들은 각자의 이유로 숨었다. 인터넷과 티브이는 집 안에 머무는 일이 미덕이라고 반복했다. 많은 가게가 문을 닫았고 모임은 사라졌다. 모두가 세기말처럼 불안에 떨었다. 일상이 어떻게 전개될지는 아무도 몰랐다. 다만 다른 세상이 오리라는 것은 누구든 직감했다.

나는 더욱 특수했다. 이번 사태를 직접적으로 관통하는 사람일지 몰랐다. 나는 대학병원 응급실에서 일하고 있었다. 그전과는 완벽히 다른 패러다임이 내려왔다. 국가적 존망을 건 감염 관리 시스템이 철저한 통제하에 시행되었다. 수칙은 매일 조금씩 바뀌다가 매주 한 번씩 크게 바뀌었다. 이론상, 감염이 배제되기 전의 모든 사람이 '감염원'이었다. 끊임없이 사람들을 음압실에 넣어 검사했다. 설명하고 안내할 것 또한 곱절이었다. 한 명이라도 통제를 빠져나간다면 끔찍한 병원 내 감염으로 이어질 수 있었다. 하지만 우리가 올바르게 하고 있는지도 불분명했다.

반면 책임자 개인에게는 더욱 커다란 사회적 거리두기와 감염 방어의 책무가 있었다. 만에 하나 책임자가 감염되면 어마어마한 사태가 발생한다. 나는 그 사실을 똑똑히 알았다. 내 삶은 자연스럽게 이분화되었다. 병원과 집만을 왕복했다. 병원 밖에서는 누구도 만나지 않고 몸을 관리하며 증상이 나타나지 않을까 지켜봐야 했다.

또한 나에게는 글을 쓰는 일이 있었다. 내가 본 것을 밝히고 기록할 의무와 사람들에게 방향을 제시할 의무가 있었다. 바이러스 사태 초반 사회관계망서비스(SNS)에 썼던 글로 펜의 힘을 다시금 절감한 참이었다. 평생 기록해야 할 사람으로서 생각을 정리해두어야 했다. 그중 골똘히 천착했던 지점은 우리에게 찾아올 새로운 세상이었다. 세상의 많은 부분이 변하고 있었다. 병원도 변했고, 사람들의 삶도 변했다. 누구나 뉴노멀을 이야기했다. 나는 그것을 구체적으로 제시해야 한다고 믿었다.

둘

하지만 혼란스러웠다. 쉽게 결론을 만들 수 없었다. 그 와중 전부터 이어오던 작업은 계속되었다. 마침 오래 준비해온 책을 드디어 출간했다. 묵은 체증을 털어낸 것 같았다. 다만 행사와 강연은 더 이상 없었다. 나는 혼란스러운 세상으로 눈길을 돌렸다. 각자는 뉴노멀을 주장하고 있었지만, 불확실성이 너무 커 어떤 것이 진실인지 파악할 수 없었다. 나조차도 캄캄했고, 전문가들조차 맞는 말을 하는 것 같지 않았다. 더 이상 무엇인가 써내기 어려웠다. 나는 다른 일을 차단하고 자의로 집에서 격리하며 생각에 골몰하다가, 내 행보에 있어 한 가지 결심을 했다.

그것은 사실 대의나 고뇌와는 거리가 있었다. 바로 닌텐도를 사기로 한 것이다. 어린시절 게임을 좋아했지만, 그동안 너무 바빠 짬이 없었다. '병원'과 '집필'의 투잡을 오가면서 피곤하고 힘든 순간이 많았다. 기왕 세상이 혼란스러운 참에 머리를 비우고 쉬는 편이 좋을 것 같았다. 조용히 집 안에서 가끔씩 사태를 파악하고 진료에 힘쓰면서 상황을 관조하기로 했다. 내게는 꽤나 진지한 결론이었다. 게임하는 일상 또한 언제 다시 찾아올지 모르는 일이었다.

당직을 마치고 돌아온 월요일 저녁, 만반의 방역 조치를 마치고 국제전자센터로 향했다. 정확히 게임기만 사고 돌아와 외출하지 않을 작정이었다. 한두 번 매장에 구경 간 일이 있었지만, 시간과 게임에 드는 노력을 계산하다가 결국 못 샀다. 나는 투잡으로 살면서 비축했던 경제력까지 발휘하기로 했다. 현금자동인출기(ATM)에서 호기롭게 현찰을 잔뜩 찾아 올라갔다. 국제전자센터에서도 사람은 증발한 듯 많지 않았다. 나는 매대로 가서 흔들리지 않는 결심과 주머니 속 현찰이 주는 미지의 힘을 담아, 친절해 보이는 아르바이트생에게 평서문으로 말했다. "닌텐도 스위치를 사러 왔습니다."

그의 눈빛을 지금도 잊지 못한다. 비유하자면 2차 세계대

전 격전지였던 헝가리 동부 데브레첸Debrecen에서 소련군과 독일군 양측이 추위와 굶주림으로 죽어가고 있을 때, 근교의 농부 자고니가 집 앞 식료품점에 걸어가 "우리 가족 여덟 명이 겨우내 먹을 감자를 넉넉히 스무 포대만 주세요."라고 말한 느낌이었다. 아르바이트 생은 이렇게 한심한 사람은 처음 보겠다는 눈빛으로, 세상 물정 모르는 아저씨에게 대답했다. "인터넷 안 찾아보고 오셨어요? 고객님 같은 생각을 누구나 다 했거든요. 코로나 사태가 막 시작할 때 이미 닌텐도는 한 대도 안 남았어요. 가끔 몇 대 들어오면 아침부터 줄 서서 오 분 만에 다 팔려요."

닌텐도를 구할 길이 요원해졌다는 사실도 충격적이었지만, 그런 유난한 시선을 받아본 것이 언제인지 기억조차 나지 않았다. 이윽고 나는 깨달았다. 뉴노멀은 내 머릿속에서 구축되는 것이 아니다. 뉴노멀은 팬데믹이 온다는 소식을 듣자마자 달려가서 닌텐도 사재기하는 사람들이 구축하는 것이다. 나는 내 일을 알지만 다른 일은 잘 모른다. 각자는 각자의 뉴노멀을 규정한다.

돌아온 나는 왜인지 무섭게 빨리 적응했다. 대체재로 '배틀그라운드'를 설치했고, 내리 열다섯 판을 할 동안 내 총에는 아무도 맞지 않았다. 아마 닌텐도를 샀어도 비슷한 결과로 끝났으리라. 게임을 때려치우고 원래 하던 삶을 이어나갔다. 마음을 가라앉힌 채 책을 읽고 글을 썼으며 진료실의 사람들을 관찰하고 생각했다. 생활은 점점 편안해졌다.

나처럼 각자는 공공이 허락하는 자유의 한도 내에서 각자의 삶을 변화시켰고 적응해갔다. 또한 응급실의 코로나 프로토콜은 한참 진행 중이며, 번거로운 작업과 제약도 여전하다. 하지만 솔직히 처음처럼 힘들지 않다. 왜냐하면, 그 또한 적응되었으니까. 처음 하는 것에서 이제 해오던 것이 되었으니까. 그렇게 주위를 둘러보면, 얼어붙은 분위기가 처음보다는 나아져 있다. 역시 그 또한, 적응했기 때문이다. 우리는 언제나처럼 각자의 삶을 개척하며 나아갈 것이기 때문이다.

코로나 시대, 소설가의 하루—카페 찾기

손보미

•

아침부터 우리 집 서열 1위 고양이님 고로가 침대 밑에서 야옹야옹 끝도 없이 울어대는 통에 나는 겨우 눈을 뜬다. 밥그릇이 텅 빈 걸까? 나는 떠지지도 않는 눈과 여전히 잠에 취한 뇌를 억지로 작동시키며 고양이 밥그릇이 있는 화장실 옆으로 간다. 아뿔싸, 이번에도 속아 넘어갔다. 밥그릇에는 여전히 밥이 가득 들어 있고, 고로는 식탁 밑 러그에 벌러덩 누워서 기대에 찬 눈빛으로 나를 올려다본다. 놀아달라는 것이다. 나는 반쯤 눈을 감은 채로 건성으로 조금 놀아준 후 시계를 본다. 아홉 시 이십 분(남들에게는 어떨지 모르지만 내게는 꼭두새벽이다). 이왕 일어난 김에, 일찌감치 작업을 하러 나가 보기로 한다.

나는 요즘 경장편 분량의 소설을 쓰고 있는 중이다. 마감이 한 달도 안 남았는데, 아직도 내 소설은 길을 찾지 못하고 어딘가에서 서성거리고 있다. 원래는 한번 작업에 들어가면 와다다다 쓰는 타입인데, 어쩐지 이번에는 쉽사리 마음이 잡히지 않아서 내가 뭘 쓰고 있다는, 그런 본격적인 기분이 들지 않는다. 한마디로 나는 정말 큰일이 났다. 이런 상황 때문에 요즘 나는 자주 울적해진다.

"왜 그런 것 같아?"

내 최측근인 물고기군 님의 질문에 나는 이렇게 대답한다. "학교 도서관에 가지 못하니까! 내 거의 모든 소설의 첫 장면은 학교 도서관에서 썼단 말이야!"

누군가는 말도 안되는 핑계라고 생각할지도 모르지만, 나는 정말로 그런 기분이 든다. 코로나19 때문에 내가 졸업한 대학교 도서관은 폐쇄되었다. 가끔 나는 학생들이 거의 없는 조용한 원형 개가 열람실의 이 층에 앉아서 일 층을 내려다보며 소설을 쓰던 그 시간들이 그립다. 소설을 쓰다가 싫증이 나면 도서관 앞 나무숲에서 멍 때리던 그 시간들이 그립다.

예전에는 도서관 말고 스타벅스에서도 자주 작업을 했는데, 요즘은 다른 카페를 찾아보려고 애쓰는 중이다. 제일 작업이 잘 되는 스타벅스의 (하필이면) 제일 작업이 잘 되는 자리가 사회적 거리두기 방침 때문에 한동안 착석이 금지되었고 그 이후로 어쩐지 스타벅스에서 작업을 하는 것이

힘들어졌기 때문이다.

일단 작업을 하러 나가기로 결심한 후에는 어디로 가야 할까, 하는 고민이 시작된다. 나는 특정한 장소에서 작업을 하고 있는 내 모습을 떠올렸을 때 마음이 편안해지는 장소에 가는 걸 선호하는데, 그런 곳을 새로 찾는 게 쉽지는 않은 일이다. 전날 방문했던 카페에 다시 가볼까? 꽤 괜찮았다. 콘센트도 많았고, 베이커리도 맛있고, 사람도 별로 없고, 적당히 조용하면서 적당히 소란스러웠다. 그래도 어쩐지 아쉬움이 남는다.

흠. 나는 고민을 좀 하다가 인터넷 검색을 통해 새로 발견한 카페에 가보기로 결정한다.

어제까지는 여름이 왔나 싶을 정도로 더웠는데, 오늘은 비가 추적추적 내린다. 빗줄기는 약해졌지만 물웅덩이는 조심해야 한다. 카페는 전혀 어울리지 않은 좁은 주택가 골목 안에 있다. 내가 도착한 시간은 열한 시 오십 분(더 일찍 나올 수도 있었는데 아침 식사를 한다는 핑계로 계속 밍기적거렸다)인데, 문을 여는 시간은 열두 시란다. 이런 것도 확인을 안 하고 나오다니, 정말 나답다는 생각이 든다. 문도 안 연 카페 앞에 서 있는 건 어쩐지 좀 창피해서 어쩔 수 없이 골목을 걸어다니며 시간을 때우기로 한다.

태어나서 처음 와보는 골목에는 최근에 지어진 것 같은 예쁘거나 특이한 모양의 작은 건물들이 있다. 오, 이런 모양의 건물도 있구나. 조금 더 걸어가다 보니까 아직 문을 열지 않은 사진관이 있다. 벽에 걸린 사진들을 한번씩 눈으로 훑는다. 옆에는 무엇을 파는지 알 수 없지만 벽에 작은 빨간 우체통이 붙어 있는 건물도 있다. 조금 더 걷다가 우연히 어슬렁거리는 고양이 한 마리를 만났다. 내가 '야옹아!' 부르니까, 야옹, 하고 대답 한번 해주고는 주차된 차 밑으로 기어 들어간다. 응, 그래, 그래, 너는 거기가 편하지? 단 십 분의 산책, 어쩔 수 없이 한 산책이었지만 어쩐지 기분이 나쁘지는 않다.

결론적으로 말하자면, 새로 간 카페는 대실패였다. 하지만 오해는 마시라, 작업하기에 대실패였다는 의미이지, 다른 의미로 실패했다는 말은 아니다. 커피값은 단돈 2500원인데 오, 맛있다. 카페는 주택의 일 층만 사용하고 있는데, 커다란 공용 책상과 잠깐 앉았다 갈 수 있는 의자들이 몇 개 있다. 열어둔 창으로 작은 정원이 눈에 들어온다. 아르바이트생 님은 거기에 있는 사람들에게 초콜릿 하나씩 나눠주었다. 나는 커피와 초콜릿을 먹으며 카페의 스피커로 나오는 음악을 듣는다. 어떤 음악은 찾아서 내 플레이리스트에 넣어두었다. 작업은 망했지만 어쩐지 기분이 나쁘지는 않다. 두 시간쯤 후에 나는 그 카페를 나온다. 이제는 정말로 일을 좀 해야 한다. 비는 그쳐 있고 해도 조금 나왔다. 정원의 테이블에 여자 두 명이 앉아서 노트북으로 무언가를 함께 보며 웃고 있다.

나는 버스를 타고 전날 갔던 카페로 향하기로 한다. 구글 지도를 확인해 보니 버스 정류장까지는 또 꽤 걸어야 한다. 심지어 버스 정류장에 도착했더니 버스가 오려면 십 분을 기다려야 한단다. 그래도 아까 카페에서 새로 플레이리스트에 넣어 둔 음악—죠지의 〈스위밍 풀〉과 김현철(feat.죠지)의 〈드라이브〉다. 아, 이렇게 쓰고 보니, 카페 아르바이트생 님이 죠지를 좋아하시나 보다—을 들으며 느긋하게 버스를 기다린다. 마치 마감 따위는 닥치지 않았다는 듯이, 위기 상황에 처하지 않았다는 듯이. 그렇게 생각을 하니까 갑자기 마음이 설레기 시작한다. 무엇 때문에? 나도 모르겠다. 버스 안에서 음악을 듣다가 나는 꾸벅꾸벅 졸기 시작한다. 잠들고 싶지 않지만, 내 마음대로 되지 않는다. 하지만 그래도 괜찮으리라는 생각이 든다. 마치 여행의 축소판을 경험한 기분, 나른하고 기분 좋은 피로함이 느껴진다.

버스에서 내리면 나는 또 다시 카페에 가서 작업을 시작하려고 노력해야겠지. 학교 도서관만큼, 혹은 내가 가장 좋아하는 스타벅스의 그 좌석만큼 만족스럽지 않겠지만, 그래도 이런 식으로 일상은 계속되고 있다. 어제와 다르지 않지만 어제와 다른, 특별하지 않지만 특별한 2020년이 이렇게 흘러가고 있다.

집 들어가기

문보영

•

어젯밤 친구가 뇌이쉬르마른에게 읽어준 카프카의 글은 다음과 같다.

네가 집을 나갈 필요는 없어. 네 탁자에 앉아 그저 듣기만 해. 아니, 귀 기울일 필요도 없고, 그저 기다리기만 해. 아니, 기다리지도 말고, 오롯이 침묵을 지키며 홀로 있기만 해. 그러면 네가 그 베일을 벗길 수 있도록 세상이 네게 다가올 것이고, 세상은 달리할 수 없기에, 경탄해 마지않으며, 네 앞에서 변형되기 시작할 거다."

—프란츠 카프카, 〈죄, 고통, 희망, 진리의 길에 관한 명상〉에서•

이 글을 읽고 뇌이쉬르마른은 새벽을 날 수 있었고, 집에만 있어야 하는 괴로움을 견딜 작은 힘을 얻었다. 사람들은 종종 이렇게 말한다. "집에서는 공부가 안돼." "집에서는 작업이 안돼." 집에서는 왜 뭐가 잘 안될까? 같은 일을 하더라도 집에서는 왜 효율이 떨어질까? 안 그래도 뇌이쉬르마른은 지독한 불면증 때문에 새벽 여섯 시까지 잠들지 못한다. 여섯 시까지 방에만 있으면 밖으로 뛰쳐나가고 싶다. 그러나 요즘엔 종일 집에 있어야 한다. 이 때문에 사람들이 우울증에 걸린다고 들었다. 사람들이 싸우고 있는 대상은 집인지도 모른다.

요즘엔 "집에서 하기 좋은 ○○"과 같은 문구를 흔히 볼 수 있다. 헬스장에 가는 대신 집에서 운동하기, 카페 가는 대신 집에서 커피 내리기. 홈트레이닝, 홈카페. 밖에서 하던 것을 안에서 하기. 밖에서 즐기던 것을 집으로 끌어들이기. 집에서 살아남는 방법 익히기. 뇌이쉬르마른은 갑자기 집이 낯설다. 그녀는 여태껏 집과의 관계를 방치했다는 사실을 깨달았다. 집은, 평생 알고 지냈는데 잘 모르는 사람 같다.

낯선 사람과 뇌이쉬르마른의 동거가 시작되었다. 낯선 사람의 이름은 '집'. 매일같이 밖을 나다니던 친구도 집에만

• 조르주 페렉, 《잠자는 남자》, 조재룡 옮김, 문학동네, 2013. 9쪽에서 재인용.

박혀 있다. 뭐해? 친구에게 묻는다. 집이랑 썸 타는 중. 친구가 답한다. 다들 집과의 권태기를 극복하는 시간을 보내고 있어… 뇌이쉬르마른은 생각한다. '나는 오랫동안 집을 알려고 하지 않았고 집 또한 나를 알려고 들지 않았어. 나는 집에서 잘 사는 방법을 연구하지 않았지. 이제 집과의 관계를 회복해야 해.'

그러던 중, 뇌이쉬르마른은 공책에 이런 단어를 적었다.

"홈글"

요즘 집에서 뭐해? 홈글. 그게 뭐야? 홈트, 홈카페, 홈글. 집에서 글쓰기.

카프카는 말했다. 집을 나갈 필요가 없다고. 집에 가만히 있으면 세상이 저절로 찾아올 거라고. 홈글 하는 카프카가 뇌이쉬르마른에게 위로를 주었다. 집에서 나가지 않고 세상을 기다려본다. 뇌이쉬르마른은 연필을 잡는다. 홈글에 필요한 준비물은 특수 안경이다. 이 안경은 상상의 안경으로 붉은 술이 꽂혀 있고 깃털처럼 가볍다. 뇌이쉬르마른은 책상에 앉아 상상 안경을 착용한다. 상상 안경을 쓰면 집에 있어도 밖이 보인다. 안에 있어도 밖이 보이는 안경이기 때문이다. 안경을 착용한다. 고개를 돌린다. 거리가 보인다. 거실로 나가본다. 고가도로가 보인다. 더 간다. 고가도로 아래를 지나자 뇌이쉬르마른의 정수리로 그림자가 진다. 걷는다. 뇌이쉬르마른이 좋아하는 마카롱 가게가 보인다. 그녀는 딸기 마카롱 하나를 산다. 그리고 가로수를 지난다. 냉면집을 지난다. 반찬집을 지난다. 다 지나면 도서관에 도착한다.

　도서관의 책상은 가로로 길다. 뇌이쉬르마른은 왼쪽 맨 끝자리에 앉았다. 그녀는 맞은편에 누가 앉으면 오른쪽으로 자리를 한 칸 옮긴다. 앞이나 옆에 또 누가 앉으면 그 옆으로, 옆으로 간다. 밀면서 옆으로 간다. 도서관에서 그녀는 게다. 저녁이 되면 결국 오른쪽 맨 끝에 앉아 있다. 뇌이쉬르마른은 자신이 독서를 하는 건지 게걸음을 치고 있는 건지, 사람들로부터 도망가고 있는 건지, 아니면 이 셋이 모두 같은 것인지 헷갈린다. 그녀는 이따금 손오공이 되고 싶다. 머리카락 하나를 뽑아서 후, 불어 분신을 만들고 싶다. 머리카락을 뽑아 분신들을 만들어 옆에 앉히고 싶다. 그러면 그녀는 가짜 자신들로 둘러싸일 것이다. 그러면 아무도 그녀 옆에 앉을 수 없을 것이다. 마음 놓고 일기를 쓸 수 있을 것이다. 그녀는 가방에서 책과 공책을 꺼낸다. 그리고 물을 한 잔 받아온다. 도서관 창문으로 햇빛이 들어온다. 졸음이 쏟아진다. 그녀는 잠든다.

　그녀는 집에 관한 꿈을 꾸었다. 꿈에서 뇌이쉬르마른은 이사를 갔다. 그런데 새 집이 마음에 들지 않는다. 들어가는 입구가 너무 길었던 것이다. 그녀는 왜 이런 곳으로 이사를 왔냐고 함께 사는 친구에게 따진다. 긴 통로를 지나자 다이빙대가 보인다. 친구가 등을 떠민다. 집에 들어가려면 다이빙을 해야 해. 친구가 일러준다. 뇌이쉬르마른은 집에 들어가기 싫어서 운다. '집에 들어가려면 뛰어들어야 한다네! 우리는 오직 뛰어드는 방법으로만 집으로 들어갈 수 있지.' 안전요원이 호루라기를 분다. 뇌이쉬르마른은 눈을 질끈 감는다. 뛰어내린다. 허우적댄다. 빠져나온다. 구석에는 수건이 준비되어 있다. 그녀는 몸의 물기를 닦았다. 이제 비로소 집의 입구가 보인다. '집은 가기 힘든 곳이구나… 어서 들어가야지….' 집으로 들어가는 순간, 인기척에 꿈에서 깬다. 아뿔싸! 방금 누군가 뇌이쉬르마른 옆에 앉았다. 사람이 옆에 앉으면 일기를 쓸 수 없으므로 가방을 챙겨 도서관을 나온다. 이제 그녀는 집에 가고 싶다. 안경만 벗으면 된다. '내 방이다. 내 방이라니. 여기서 살아남아야 해.' 그녀는 중얼거린다.

반향

서윤후

•

    장사가 잘 되지 않는 카페만 골라서 간다. 고약한 심보는 아니고 조용해서다.

    자주 가는 카페에는 개나 고양이가 그려진 사료가 여기저기 쌓여 있다. 처음엔 사장님이 동물 애호가 정도인 줄 알았는데, 반은 주인이 있는 것이고, 반은 주인을 기다리는 것이었다. 단골손님이 된 나는 매번 올 때마다 모르는 개와 고양이를 마주했다. 이름이 무엇인지, 어디에서 어떻게 오게 되었는지 물어보았다. 거리에 갈 곳 없는 것들에게 마음을 많이 쏟던 사장님은 친절히 대답해주었다.

    이 아이는 누군가 놀이터에 묶어놓고 가버렸어요. 이 아이는 털이 아주 새까매서 까미라고 부르지요. 이 아이는….

    측은하게 바라본 곳엔 의자 밑에 쭈그리고 앉아 있는 코커스패니얼 한 마리가 있었다. 다른 애들은 벌써 적응해 진열된 화병도 떨구고 부드러운 건 죄다 물어뜯어놓을 만큼 천방지축이었다. 다른 아이들이 손님들에게 귀여움을 받는 동안에도 경계심 가득 웅크리고 앉아 이 안전한 세계를 믿을 수 없다는 듯 어리둥절한 얼굴로 실감하는 중이었다.

나빴던 기억을 머릿속에 복기하면서 어떤 세계에도 참여하지 않는 의기소침한 마음을 나도 가진 적 있었다.

남겨진 적도 없이 창문 밖 운동장에 글씨를 새기곤 했다.

혼자서 회복할 수 없는 상처가 누구에게나 있다. 그 상처와 우정을 나누며 살아가는 사람도 있다. 상처에게도 홀로 보낼 시간을 줘야 한다는 것을 촉촉한 코커스패니얼의 눈동자를 보며 들킨 것 같았다.

시간이 필요할 거예요. 정성을 다하면 이 아이도 알아봐 줄 거예요. 카페에 손님이 없어 이럴 땐 좋아요.

사장님은 귀가 축 늘어진 코커스패니얼을 곁에 두고도 계속 기다리고 있었다.

좋은 기다림이 곁에 있다면, 곧이어 그곳에 도착할 것이다. 그런 믿음이 아직 내게는 있다.

어려운 일들이 손님처럼 찾아들면 가장 가난하고 야윈 곳부터 훤히 드러나게 된다. 마음이 허물어질 때마다 나는 내 자신이 적이 되는 것을 자주 목격했다. 나를 잃어버린 날엔 울부짖을 수도 없었다.

그렇게 슬픔이 태어났다.

우리는 슬픔을 참을 수 없어 한다. 작은 기쁨을 던져 그 것을 깨뜨리려 하거나 위협을 한다. 슬플 겨를도 없이 시 간에 매몰되어서는 돌아올 수 없는 시간까지로 건너가기도 한다. 그곳에서 슬픔은 우리를 기다린다. 우리는 슬픔을 기 다리지 않는다. 비극은 거기에서 시작된다.

기다림 속에서 모든 말들은 느려지고 고독해진다는 모리 스 블랑쇼의 문장을 서성거린다. 우리는 이전의 세상을 기 다리고 있다. 기약 없는 시간 속에 누군가는 직업을 잃었 고, 사람을 잃었고, 평범함을 잃었다.

생기를 앗아간 바이러스는 기계의 부흥을 돕고, 인간을 나약하게 만들었다.

기계는 고독하지 않다. 기계를 고독하게 여기는 것도 인 간의 상상력이므로.

그 속에서 고독으로 단단해지는 일상도 있었다. 혼자가 된 말들이 그 의미를 찾아 떠났다. 돌아올 땐 슬픈 얼굴이 아니라, 깨달음의 얼굴을 하고 있을 거라고. 우리는 각자의 시간 속에서 사건 없이 사건을 만나고 있다.

싸움 없는 싸움…. 약속이 없다는 약속….

보이지 않는 것을 믿게 된 것은 시라는 불확실함 속에서 가능했다. 언어 뒤로 숨은 의미가 사람들마다 다르게 닿아 가는 것을 지켜보면서 시는 그 불확실함 속에서 생명력을 얻는다고 생각했다.

조금 위로가 되는 망상이었다.

어떤 결심들도 쉽사리 맺히지 않는 이상한 시간이었다. 무기력함 속에서 이 세계를 빠르고 확실하게 실감하는 일이 필요했다.

다가갈 다음이 더 나아질지, 더 나빠질지 알 수 없는 일이었지만 가보지 않으면 영영 모를 것이기에 시간이 물려주는 청바지를 입고, 유행이 지나 오래된 노래를 들으며, 약속 없는 저녁에 홀로 먹을 맛있는 레몬크림케이크를 사 가지고 돌아온다. 써야 할 글들이 넘쳐나고, 읽을 것은 더 이상 쌓일 수 없어서 고독을 놔두지 않는다. 고독이 고독으로 향하게 하는 환한 터널을 짓는다. 쓰는 일로, 읽는 일로, 생각을 두런거리는 일로.

사람들은 여전히 일상을 붙들고 그 둘레를 완성한다. 규모는 작아졌으며 사색의 시간은 종종 찾아왔다. 혼자가 되는 일을 자주 겪으며 자신을 방황하게 되었다. 그 혼란은 무엇을 낳을 것인가. 슬픔의 닮은꼴이거나 실책한 공들이 돌아오는 텅 빈 테니스 코트이거나 둘 중 하나일 것이다.

몇 년 전 절교했던 친구에게서 다시 연락이 왔다. 나는 그것이 그리움이 아닌 기다림이었다고 깨달았다.

손을 씻으며 생일 축하 노래를 부른다. 참을성이 없어서 꼼꼼하지 못한 날엔 그런 노래로 시간을 다스린다.

독자들을 만나는 자리가 연이어 취소된다. 지금은 그것이 가장 아름다운 만남이라서. 결렬이나 결별이라는 단어를 쓰지 않는다.

나의 원본을 발견한다. 아무것도 기록되어 있지 않은, 사본을 출력한 적 없는 제로의 시간 속으로. 그러나 그곳엔 고독조차 알지 못하는 고독이 있을 것이다.

언젠가 다시 만날 그날을 위해 오늘을 살고 있다. 기약이 없지만 일상의 작은 기쁨을 그러모아 구체적으로 만들어간다. 이 여름에게 새롭게 어울릴 만한 생기가 되겠다는 마음으로.

다시 혼자가 된 사람들에게 터널 속 빛줄기를 터트려 내보낸다. 우리는 그 빛을 의지해 계속 혼자 있게 된다. 저기로 길이 나 있군요. 저기에도 사람이 있군요.

오랜만에 간 카페에는 한가로이 낮잠 자는 개와 고양이로 가득하다. 가게를 내놓은 사장님은 어쩐지 웃고 있다. 못 보던 강아지가 꼬리를 세차게 흔들며 내 운동화 앞코를 핥는다.

못 보던 강아지네요?

많이 변했죠? 이제 마음을 연 것 같아요.

아… 열리는구나. 마음이란 게. 다시, 그럴 수 있겠구나.

나아진 얼굴은 처음 보는 표정으로 인사하는구나. 본디 슬픔이 씻긴 얼굴이었다.

견디던 시간을 묵묵하게 지나와 다시 웃으며 만날 수 있다면, 우리가 우리의 고독에게 보내는 응원의 시간은 더 길어질 것이다.

고요하되 열렬함으로.

우리에게로 온 슬픔은 우리가 마중을 나가 떠나보낼 수 있어야 한다.

우리는 과거로부터 얼마나 멀리 떠나왔는가

장석주

•

하나

신종 바이러스의 대유행으로 자발적 격리를 하며 집에서 책을 읽거나 몽상을 하며 지냈습니다. 간혹 저 먼 이국의 여름 해변, 강원 내설악 부근의 자작나무 군락지, 노란 모과가 뒹구는 안성 편운재의 풀밭, 봄날 아침의 진주 남강, 개암나무의 열매가 떨어지는 가을의 숲속, 여름 새벽에 도착한 북유럽을 그리워하면서 말이지요. 당신은 어떤가요? 평범한 나날의 안녕에 안도하다가도 느린 진동을 되풀이하는 관습에 갑갑해할 땐 옛 여행지들, 저 먼 곳들, 즉 아테네, 이스탄불, 밀라노, 피렌체, 베를린, 프라하, 크레타, 뉴욕, 방콕, 도쿄, 교토, 아바나… 같은 도시의 이름을 나지막이 열거하며 설레곤 합니다. 여행은 언제나 심장을 뛰게 하는 삶의 한 방식이지요.

별자리를 보며 방향을 가늠하고 먼 고장을 떠돌던 시대
는 얼마나 좋았을까요! 하지만 오늘날 세상을 하릴없이 떠
도는 한량은 멸종되었지요. 다들 집과 직장 사이에서 진자
운동을 하며 한 장소에 붙박이로 삽니다. '바람구두'를 신고
방랑한 시인 랭보를 아시나요? 랭보는 먼 곳에 대한 동경을
품고 독학으로 독일어와 이탈리어를, 그리스어와 러시아어
를, 아랍어 기초 과정 공부에 몰두했지요. 십 대 때 가출을
해서 별들이 반짝이는 밤하늘을 지붕 삼아 노숙을 했으니
이런 시도 썼겠지요. "내 여인숙은 큰곰자리에 있었네.─하
늘의 별들은 내 옷깃이 살짝 스치는 소리를 냈지." 랭보는
봄이 오자 답답한 집을 등지고 이탈리아로 떠나지요. 기차
여행 중 여비가 떨어지자 노숙을 하며 밀라노를 향해 걷지
요. 일사병에 시달리거나 절도와 부랑 죄로 유치장에 수감
되는 등 우여곡절 끝에 이탈리아까지 갑니다. 용병으로 인
도네시아로 갔다가 탈영을 하고, 돌연 시를 접고 북아프리
카와 에티오피아 등지에서 무기 밀매를 위해 사막을 횡단하
는 등 방랑을 하다가 병을 얻어 요절합니다.

둘

아침 신문을 읽는 건 오랜 습관입니다. 새벽 배달원의 서
두르는 발걸음 소리, 현관 앞에 신문이 '툭' 하고 떨어지

는 소리! 고막에 메아리치는 이 경쾌한 소리가 하루의 시작을 알리는 신호예요. 신문 없는 날엔 암담한 기분에 젖어요. 조간신문은 이곳저곳에서 일어난 사건들, 일기 예보, 노동자 파업, 주가株價 변동, 먼 나라의 전쟁 소식을 전하지만 전대미문의 시와 수천억 은하, 새로운 소행성이나 착한 소년의 취향에 대한 소식은 없어요. 조간신문을 읽는 식탁은 재난이나 전쟁과 격리된 장소의 고요와 평화가 고즈넉합니다. 이 정금正金 같은 시간을 그 무엇이 무너뜨릴 수 있나요? 우리는 일상의 조촐한 안녕을 맛있는 빵처럼 떼어먹으며 삶의 기쁨을 누립니다.

문명 생활자들이 그렇듯이 날마다 몸을 씻을 때 희고 반짝이는 물은 어디에서 올까, 라는 소박한 의문을 품곤 합니다. 물은 먼 곳에서 세계를 돌아 지금 여기에 도착하지요. 물은 순한데, 장애물을 만나면 휘감고 돌아 나가지요. 시적 직관을 가진 철학자는 물이 "형태를 잃으면 사나워진다."• 라고 말합니다. 물은 구름의 과적過積, 태양열의 증발, 강물의 유속, 지층을 순환하는데, 신화학神話學에서 물은 죽음과 재생의 순환을 상징하지요. 아침의 샤워는 경건한 종교의 의례와 같지요. 물은 아무 보상도 없이 정화淨化의 의례를 베풀지요. 간밤에 생긴 악몽과 죄를 씻어내고 새 기분을

• 프랑시스 퐁주,《사물의 편》, 최성웅 옮김, 인다, 2019. 79쪽.

만끽할 때, 몸은 한결 가벼워져서 마음은 신생의 기쁨으로 가득 차오르지요. 샤워를 하는 시간은 나와 마주하는 시간, 은혜로운 지복至福의 시간이지요.

셋

거실에는 서가들, 소파, 책상, 문구류가 놓인 테이블, 스탠드, 오디오 기기 등이 있지요. 현생 인류에 속하는 우리에게 거실은 원시인의 혈거穴居와 다를 바가 없지요. 고요가 탑을 쌓는 오전, 대개는 국영 라디오 채널에서 고전 음악을 듣습니다. 음악의 본질은 청각의 즐거움을 초월하고, 음악의 기쁨은 손으로 만질 수 없는 피안의 기쁨이지요. 이 고요 속에서 가장 번성하는 것은 공상이지요. 공상은 사회적 재화의 생산과는 먼 불연속적인 백일몽, 행동이 배제된 내면 활동이지요.

하지만 공상은 유용한 것들에 대한 무기력한 투항이 아니에요. 공상은 근육의 이완과 백일몽의 모호함 속에서 기쁨은 촘촘해지지요. 이것이 모험가의 일은 아닐지라도 아주 무익하진 않아요. 시간을 헛되이 쓰는 잉여 활동에 가까운 이것의 쓸모는 엉뚱한 지점에서 나타나지요. 머릿속에 꿈의 공장을 짓는 일이라는 점에서 공상의 쓸모란 '쓸모없는 쓸모'에 가깝지요. 나는 자주 일인용 소파에 앉아 기억과 환상을 뒤섞으며 나른한 공상의 지복을 누리지요. 소파는 공

E-63

상의 항해에 필요한 범선帆船! 돛을 펼치고 미끄러져 나가는 사람을 보세요. 그에겐 어떤 두려움이나 조급함도 없어요. 이 공상의 항해는 자유가 보장되어 있으니까요.

넷

정오가 지나고, 어느덧 오후로 접어듭니다. 문득 고개를 들면 저 혼자 빛나는 햇빛과 정적은 얼마나 아름다운지요! 거실 바닥의 노란 햇빛과 정적이 합일하여 빚는 오후의 풍경은 축복 그 자체입니다. 이 풍경에 무위無爲가 아무 무늬도 그리지 않고 녹아 있어요. 무위는 재화의 생산이나 생존의 이익에 아무런 보탬이 되지 않는 까닭에 사람들은 종종 이것과 게으름을 혼동하지요. 팔다리를 놀리지 않는 고요한 멈춤, 노동의 느슨한 유예, 차라리 아무것도 하지 않음을 실행하는 것, 그게 무위입니다. 갑자기 춤을 추거나 휘파람을 불며 노래하고 싶을 수도 있어요. 우리는 한 아름의 선물 같은 존재의 텅 빈 충만을, 연꽃같이 벌어진 고요에 차오른 무위의 생생지락生生之樂을 아무 대가 없이 누리면 되지요.

어느덧 해가 뉘엿뉘엿 기웁니다. 거실 바닥에서 햇빛은 키가 길어지지요. 낙조와 가장자리가 주황색인 예쁜 구름, 아내의 뺨을 물들인 홍조는 같은 색입니다. 느린 걸음으로 오는 땅거미는 죽음과 어둠의 전조前兆! 새들이 둥지로 돌아갈 채비를 할 때 뜰의 살구나무와 자두나무 몇 그루도 곧 칠흑의 어둠에 삼켜지겠지요. 이 시각 우리는 멜랑콜리에 젖어 우울에 빠지는데, 이 멜랑콜리는 우리가 내일 아침을 살아서 볼 수 없을지도 모른다는 일말의 불안 때문이지요. 올빼미와 너구리 같은 야행성 동물이 먹잇감 사냥에 나설 시각, 아내는 집안의 등을 켭니다. 여기, 사람이 살고 있어요! 맞아요, 등불로 어둠을 밝힌 집은 거기 사람이 살고 있다는 신호가 되겠지요.

내가 만일 하나의 단어라면
아름다움을 공정함을 진실함을 요청할 테요.
내가 만일 말이라면
나는 내 사랑을 나직이 말할 테요.*

하루의 끝이 곧 생의 끝은 아니지요. 하루의 끝은 또 다른 하루의 시작! "우주는 불가능 속으로 웅장하게 흘러간다."** 머리를 뉘고 팔다리를 뻗을 집이 있다면, 아직은 살만하겠지요. 게다가 약간의 사랑과 그리움, 소금과 후추가 있다면, 고독의 벼락을 맞고 취한 종달새처럼 어기적거리더

* 나짐 히크메트의 시. 존 버거, 《모든 것을 소중히 하라》, 김우룡 옮김, 열화당, 2008. 45쪽에서 재인용.
** 조르주 바타유, 《아르캉젤리크》, 권지현 옮김, 미행, 2020. 15쪽.

라도 우리는 그럭저럭 살 수 있겠지요. 삶이 사막, 밤, 광활
함에 잠식되더라도 고개를 떨구거나 의기소침에 빠지지는
말아요. 나는 당신에게, 당신은 내게, 우리는 서로에게 기꺼
이 일상의 안녕과 평온한 기쁨을 건네는 집이 될 테니까요.

바이러스와 함께 살아가기

문성실

．

 두 번의 알람이 울린 뒤, 핸드폰을 손에 쥐고 다시 잠이 들었나 보다. 반쯤 눈을 뜨고 뻐근한 손가락을 하나하나 다시 구부려본다. 온 침대를 휘젓고 자는 둘째를 피해 어둠 속을 더듬거리며 화장실로 간다. 어젯밤에 챙겨놓지 못한 가방을 주섬주섬 챙기고 마스크 하나 손에 들고 집을 나선다. 사위가 아직 깜깜하다. 새벽이다.

 연구소 검문소를 지나 연구동에 들어오니 완전무장을 한 담당 직원이 체온을 재고 따다다다 폭풍 질문을 쏟아 놓는다. "NO", "NO", "NO" 세 번의 답을 하고 난 후에야 오늘의 색깔 '코로나 프리' 스티커를 받는다. 엘리베이터는 한 명씩만 탈 수 있다. 엘리베이터 앞에 누군가가 있으면, 다시 다른 엘리베이터가 올 때까지 한참을 기다려야 한다. 텅 빈

휴게실에서 커피 한 잔을 내려 연구실로 들어가 방문을 꼭 닫았다. 연구소는 3월 초 공식적으로 문을 닫았다. 실험실에서 일해야 하는 과학자들도 전부 재택근무를 해야 하며, 코로나19 관련 인력만 출근할 수 있다.

아직 도시가 깨지 않은 새벽녘, 다운타운의 불빛을 보며 커피 한 모금을 들이켰다. 창가 옆 책들이 빽빽이 들어찬 책장을 보니 쓴웃음이 나온다. 온통 바이러스와 백신 관련 책들과 논문들로 꽉꽉 채워져 있는데, 정작 이 상황에 할 수 있는 일이 별로 없다는 사실에 무기력함이 느껴진다.

석 달 전 코로나19가 막 유행하기 시작할 때쯤, 코로나19에 대한 동향 리포트를 작성해달라는 요청을 받았다. 암을 연구하는 과학자들에게 저마다 전문 분야가 있듯이, 바이러스를 연구하는 사람들도 다 자신의 전문 분야가 있다. 주로 바이러스 종류에 따라 전문 바이러스 분야가 있든지, 혹은 바이러스가 일으키는 증상을 위주로 여러 바이러스를 연구하는 과학자들이 있다. 이전 코로나 바이러스는 바이러스계에서는 그다지 인기 있는 분야가 아니었다. 사람에게는 감기 같은 가벼운 호흡기 증상을 일으키는 정도로 그 영향이 크지 않았기에 전문적으로 연구하기에는 연구비를 쉽게 받을 수 있는 인기 종목이 아니었던 탓이다. 우리는 과거에 사스와 메르스를 겪었다. 하지만 단타로 끝나버린 두 코로나 바이러스의 유행은 연구에 장기적인 투자를 이끌어내지도, 전문가를 키워내지도 못했다. 1월 말부터 쏟아져 나오는 논문들을 읽고, 포스트잇에 주제별로 정리해 써놓았다. 나의 전문 바이러스가 아니다 보니 신중하게 메모한 포스트잇을 이리저리 옮기고 구성을 바꾸어가며 방대한 내용을 정리했다. 논문으로 나오지 않은 내용이면 결벽증에 걸린 것 마냥 혹여나 나중에 부메랑이 되어 내게 돌아올까 두려워 하나하나 쳐내가면서, 염려와 부담감에도 불구하고 정리하기로 마음먹은 건 쓰디쓴 커피를 마시며 느꼈던 그 무기력함 때문이었다.

잠시 하던 연구를 멈추고 연구소는 코로나19 대응 체제로 전환했다. 각 분야에 필요한 인력들이 자원을 하고 대응팀을 꾸렸다. 특히 무기력하고 답답해하던 바이러스 학자들은 바이러스 유행이 심상치가 않자 너도 나도 자원을 했다. 이런 상황에는 호기심을 가장한 사명감이 마음 깊은 곳에서 솟아오른다. 나는 처음 미국에 코로나19가 보고되었던 때부터 시작해 지금까지 진단과 관련된 분야에 지원을 하고 있다. 긴급 상황에서는 과학자들의 테크닉과 유연성이 빛을 발한다. 생명과학은 분야가 다를지라도 실험에 사용하는 테크닉과 기계들은 거의 비슷하거나, 크기와 모양은 달라도 원리와 기능은 동일한 경우가 많다. 진단이라는 하나의 큰 덩어리를 쪼개 전문 기술이 있는 이들에게 분배가 되고 코로나19 최종 진단을 하고 결과가 나가기까지 세

단계에 걸쳐서 결과를 확인한다. 한 사람의 바이러스 감염 여부를 떠나 한 사회와 국가의 공중보건의 정책 방향까지 좌지우지할 수 있는 결과가 우리들의 손에 달려 있다는 것은 상당한 부담감을 안겨준다.

전 세계 많은 이들이 과학자들에게 계속 똑같은 질문을 반복한다.

"코로나19가 언제 끝날까요? 언제쯤 백신이 나올까요? 치료제는 언제 나올까요?"

이 질문은 코로나 바이러스 전문가가 아닌 나에게도 일 주일에 서너 번씩 물어오는 질문이다. 한편으로는 쓰디쓴 커피를 마시던 그날의 무기력함이 스멀스멀 올라오고, 다른 한편에서는 책임질 수 없는 말은 내뱉을 수가 없어, 보수적인 대답을 내놓는다.

"코로나와 함께 살아가는 삶이 되겠죠."

"백신은 빨라야 내년에 나올 수 있을 겁니다."

"현재 임상시험에 들어간 결과들이 나와봐야 치료제의 효과가 증명되겠죠."

과학자의 답은 이럴 수밖에 없다. 우리는 점쟁이가 아니고, 예언자가 아니니까 말이다. 가설을 세우고, 그 가설을 증명하는 과정이 과학이라면, 현재의 코로나 팬데믹에서는 '이 약은 바이러스의 복제를 방해하는 역할을 하니 코로나에서도 효과를 볼 수 있을 거야' '숙주세포와 흡착하는 부분을 막을 수 있는 백신을 만들면 면역이 생길 거야'라는 '가설'을 세워두고 실험실에서 그리고 임상에서 하나하나 증명해나가는 길고 까다로운 과정을 헤쳐나가야 하기 때문이다. 사람의 몸은 동일한 물질로 구성되어 있지만, 우리의 생김새와 성격이 다르듯, 병에 대한 저항성과 증상의 경중은 개인마다 다르며, 치료제의 효과와 백신을 통해 만들어지는 면역 또한 다 다르다. 많은 동물과 많은 사람을 대상으로 실험과 시험을 거쳐야 통계적으로 유의한 효과를 데이터로 세상에 내놓을 수 있다. 그저 과학자들의 이러한 노력이 사람들에게 희망 고문이 되지 않기를 바랄 뿐이다.

코로나와 우리는 '끝'이 아닌 함께하는 삶을 살아가야 한다. 비록 주의를 끌지는 못했지만 늘 우리 주위에 있었던 감기를 일으키는 코로나 바이러스처럼, 내일은 좀 더 강력하고 인기도 좋은(?) 녀석을 곁에 두고 살아야 하는 일상이 눈앞에 있다. 시사 잡지 《애틀랜틱》의 과학 저널리스트인 에드 용Ed Yong은 "우리는 코로나19와 두더지 게임을 하게 될 것이다"라고 이야기한다. 짧게는 앞으로 일 년에서 길게는 이 년까지 강력하고 인기 좋은 녀석과 살아갈 삶은 백신과 치료제라는 희망고문으로 하루하루를 겨우 살아내는 삶이 아닌 달라진 일상을 살아내는 삶이 될 것이다.

백여 년 전 팬데믹 플루(스페인 독감)가 지나간 후 인류는 어떻게 살아왔을까? 과학자들은 1918년 유행한 인플루엔자의 원인은 세균인 줄 알고 있었다. 기존의 다른 세균 백신과의 혼합백신을 개발했고, 수많은 사람들로 임상시험을 했지만 뚜렷한 효과는 보지 못했다. 인플루엔자의 정체는 그 후 십여 년이 지나서야 '바이러스'로 밝혀졌다. 백신 개발은 실패했고, 치료제도 없었지만 사람들은 그들의 삶을 살아갔다. 알베르 카뮈의 소설 〈페스트〉처럼 역병이 깨끗이 씻겨나간 도시를 위해 축배를 들며 기뻐할 수는 없었지만, 사람들은 변화된 자신의 평범한 일상을 살아냈다.

우리는 지금도 매년 인플루엔자를 맞이하고 있다. 평범한 일상 속에서 인플루엔자에 대한 두려움이 덜 한 것은 백신을 만들 수 있는 기술이 있고, 치료제가 있으며, 인플루엔자를 진단하고 대응할 수 있는 인력과 기술과 보건 당국이 있기 때문이다. 이는 백 년 동안 평범한 일상을 살아온 과학자들을 포함한 온 인류가 서서히 발전시켜온 결과이다. 그러나 상대적으로 이러한 전염병 연구에 대한 지원은 소위 유명한 몇몇 바이러스에 국한되었다. 거의 박멸 직전까지 간 '폴리오'나 '홍역'은 어느 날 갑자기 소멸되기 시작한 것이 아니다. 많은 과학자들의 백신 연구가 있었고, 개발도상국까지 백신을 공급하기 위한 NGO의 노력과 세계가 공조하는 감시체계가 작동했기 때문이다. 이를 위해서는 많은 인력과 지속적인 자금 투입이 필요하다.

누군가 코로나19에 대한 대응이 어설프다고 지적한다면

지난 백 년간 전염병과 만성질환 및 노화에 대한 연구비를 비교해보라고 이야기하고 싶다. 생명과학 분야의 연구비도 의료 시스템과 사회구조도 단기간에 인류를 위협할 수 있는 팬데믹에 대한 대비를 하지 못했다.

코로나19로 멈추었던 실험실이 서서히 돌아간다. 누군가는 계속 코로나19 관련 지원을 하고 누군가는 또 다른 전염병에 대한 준비를 한다. 전염병은 언제 어떤 모습으로 우리에게 다시 돌아올지 모른다. 아직 끝나지 않은 코로나19의 백신과 치료제 연구에 과학자들이 집중할 수 있는 건 현재 자본과 제도가 전폭적으로 지원하기 때문이다. 그러나 모든 과학자들이 물 들어올 때 노 젓는 식으로 코로나19 연구에만 매달릴 수는 없는 노릇이다. 코로나19 이후의 생명과학계는 코로나 바이러스만이 아닌 다른 전염병에 대한 선제적인 연구를 해야 한다. 지난 백 년과 다르게 우리는 기술이 있고, 경험이 쌓였으며, 무엇이 문제인지를 깨달았다. 앞으로 백 년을 내다보고, 전 세계가 공조할 수 있는 전염병 대응 플랫폼을 만들어가는 일들을 통해 전염병과의 두더지게임이 시작되었다.

많은 게 변했다. 아침이면 휴게실에 커피 한 잔 들고 가서 나누던 동료들과의 담소도 없어졌고, 세미나 있는 날이면 우르르 함께 엘리베이터 타고 다른 건물로 가던 일들도 없어졌다. 작은 회의실에 모여 일주일에 한 번 하던 랩 미팅도 없어졌고, 연구실 문을 빼꼼 열어두고 오며가며 연구에 대해서 대화하던 그런 일상들이 사라져버렸다.

언제 끝날지 모르는 상황이 계속되다 보니, 온라인 미팅과 재택근무만으로 생존할 수 없는 과학자들은 다시 실험실로 모여들고 있다. 마스크를 쓰고 실험실 내에 거리를 두고 시간표와 동선을 짜서 서로가 연구하는 데 불편함이 없게. 우리는 이렇게 함께 과학 하는 방법을 배우고 우리의 일상을 살아가기 위한 답을 조금씩 찾아가고 있다. 마스크 너머에 있는 동료들의 미소를 보며 인사할 수 없고 한 공간에서 실험하며 나누던 소소한 수다의 기쁨은 사라졌지만 말이다.

두 달 넘게 얼굴을 보지 못한 동료가 이메일을 보내왔다. 두 딸과 함께 찍은 가족사진엔 핑크색 아기 신발이 살포시 놓여 있었다. 동료가 그 핑크색 신발의 주인공을 품에 안을 때쯤에는… 그때쯤에는 마스크를 벗고 환한 미소로 마음껏 축하할 수 있길….

'행동 면역 체계'를 제대로 작동시키는 방법

이지유

•

눈에 보이지 않는 작은 바이러스가 인간의 사회구조를 바꾸고 있다. 사람들은 코비드-19 바이러스 감염을 예방할 백신과 치료제가 개발되어 이 사태를 진정시킬 수 있다 하더라도 인류의 역사는 팬데믹 전과 후로 나뉠 것이라 예견하고 있다.

역사는 흐르는 물과 같고 팬데믹은 워낙 큰 사건이니 인류의 역사가 바이러스 창궐 전과 후로 나뉘는 것은 이상한 일이 아니지만, 이왕 바뀔 거라면 전보다 후가 더 나았으면 좋겠다. 그러려면 어찌해야 할까.

진화생물학자들이 쓰는 용어 가운데 '행동 면역 체계'라는 것이 있다. 이는 외부에서 오는 잠재적인 위험으로부터 자신을 방어하려는 행동양식으로 거의 모든 생물의 유전자에 이런 속성이 각인되어 있을 것이라 여기고 있다. 예를 들어 쓴맛이 나는 채소를 기피한다거나 상한 음식을 먹으면 구토나 설사를 하는 것은, 몸에 위협을 주는 독을 몸속에 들이지 않거나 병균이 몸속에 자리를 잡기 전에 밖으로 내보내려는 행동이다. 우리의 유전자는 병에 걸린 후 치료하는 것보다 미리 방지하는 것이 훨씬 경제적이라는 사실을 알고 있는 것이다. 그리고 해를 끼치는 대상을 정확하게 기억한다.

생명체는 살아 남아야 한다는 본능이 있으므로 자신에게 해가 되는 것을 더욱 강하게 기억하는 경향이 있다. 싫은 것, 나아가 혐오하는 것을 더욱 확실하게 기억한다. 문제는, 인간이 이와 같은 생물학적 경향을 사회적인 이슈와 구분하지 못하는 데 있다. 외부인에 대한 불신과 두려움, 혐오가 바로 그것이다.

역사 속에는 수차례 전염병으로 인해 사회구조가 붕괴된 적이 있다. 오랜 시간 같이 살아온 사회 구성원들은 특정 바이러스에 대한 항체를 모두 공유하고 있기 때문에 죽을 정도로 심각한 감염 증세를 겪지 않는다. 하지만 외부에서 온 사람이 옮겨온 바이러스에 감염된 원주민들은 새로운 병원균에 대항하지 못하고 모두 죽는다. 마을 사람들이 거의 다 죽어나갈 무렵이 되면 바이러스에 대한 항체를 형성한 사람만 살아남는데, 항체를 지닌 후손이 다시 예전처럼 마을을 되살리려면 오랜 시간이 걸린다. 사회 시스템을 다시 구축하는 데 어마어마한 에너지가 드는 것이다. 사람들은 이런 경험을 통해, 외부인이 마을에 들어오면 마을의 운명이 위태롭다는 데이터를 구축하고 있다. 바이러스의 존재를 몰랐더라도 말이다.

그 결과 외부인은 고의적이든 아니든 질병을 퍼트릴 우려가 있다고 무의식적으로 판단하고 멀리한다. 글로벌 시대가 오기 전이라면 외부인을 멀리하고 배척하는 행동을 두고 행동 면역 체계가 발동한 것이라 볼 수 있다. 하지만, 열두 시간이면 지구 반대편에서 회의를 할 수 있고 국제공항을 드나드는 사람이 하루에 100만 명이 넘는 오늘날, 과학자들은 백신이라는 예방책을 사용해 바이러스가 전 지구에 퍼지는 것을 막고 혹여 감염되어도 치료할 수 있는 치료법을 갖추고 있다. 또 개인 위생을 철저히 하고 사회적 거리두기를 실천하면 바이러스가 마구 퍼지는 것을 막을 수 있다.

그럼에도 불구하고 피부색과 생김새가 다르다고 혐오를 품는 것은 옳은 행동이 아니다. 외부인이 감염 물질을 들여올지도 모른다는 불안감 때문에 혐오감을 느끼는 것이 아니라 내 자리를 빼앗는다고 생각하기 때문에 외부인을 혐오하는 것이다. 더 설명할 필요 없이 인간의 행동 면역 체계가 오작동한 결과다. 생물학적 지식을 제대로 습득하지 못한 채 정치적, 도덕적 견해와 헷갈리는 것이다.

안타깝게도 인간의 두뇌는 생각보다 오작동하는 경우가 많다. 심리적 아픔과 물리적 아픔을 잘 구분하지 못하기 때문에 진통제를 먹으면 신체의 아픔과 함께 우울함이 사라진다거나, 사고로 사지를 잃어도 여전히 통증을 느끼는 일을 예로 들 수 있다. 팬데믹 상황에서 인종 차별과 혐오가 늘어나는 것 역시 인간의 뇌가 논리적으로 작동하지 않기 때문이다.

과학자들의 연구에 따르면 전염병의 위협에 놓인 사람들은 '미안함보다 안전'을 선호한다고 한다. 또 보다 순응적이고 보수적인 경향이 있으며, 자신의 의견을 내세우기보다 무리 전체의 의견에 따르고, 창의적이고 자유로운 일의 가치를 전보다 낮게 평가하는 경향이 있다고 한다. 외국인에 대한 불신이 증가하고 자신과 다른 문화적 배경을 가진 사람에 대해 낮게 평가하며 외모에 대한 비판에도 훨씬 가혹한 용어를 쓴다.

사람들이 사회를 보고 판단하는 전반적인 견해가 바뀌는 것이다. 바이러스로 인해!

이와 같은 사회적 분위기가 형성되면 이민자들에게 폭언, 폭행을 해도 사회 구성원들은 큰 죄책감을 느끼지 않는다. 이민자들이 병균을 옮겨왔으므로 벌을 받아 마땅하다고 착각하기 때문이다. 북아메리카 대륙과 호주에서 코로나19 바이러스 감염이 증가했을 때 백인들이 아시아계 이민자들에게 폭언과 폭력을 아무런 거리낌 없이 해대는 것도 같은 맥락이다. 이는 모두 전염병에 대한 지식 부족, 논리적 사고의 부재로 생긴 어이없는 사건이다.

모든 생물은 자신과 다른 색, 다른 모습을 지닌 개체의 접근을 꺼린다. 이것은 정체를 알 수 없는 개체가 나에게 위협이 될지도 모른다는 두려움 때문이다. 두려움의 근원은 무지다. 원인을 알면 오판을 줄이고 근사한 해결법을 찾을 수 있다. 인간의 뇌가 최고의 기능을 자랑하는 것을 보이려면 전염병의 원인이 바이러스지 아시아계 이민자가 아니라는 것쯤은 구분해야 하지 않을까.

시야를 좀 더 넓혀 우리나라에 와서 농촌과 건설, 제조 현장에서 일하며 우리나라 경제의 바탕이 되어주는 이주노동자들을 편견 없이 대하고 있는지 생각해보자. 앞서 언급한 과학 공부가 제대로 된 사람이라면 외국인에 대한 편견과 혐오를 가지는 것이 얼마나 무식한 일인지 깨달았을 것이다. 이 단계까지 왔다면 비로소 우리 뇌를 제대로 사용하는 셈이라 할 수 있다.

나아가 '2020 팬데믹 이후, 인간은 제대로 된 과학 지식으로 무장하고 선한 의지를 실현하며 하나가 되었'고 자신 있게 말할 수 있지 않겠는가!

읽으면서 생각한다

장은수

•

"사물들 사이를 잇는 '그리고'라는 말이 반란을 일으켰다." 오스트리아의 극작가 프란츠 베르펠의 말이다. 사태가 사고를 배반할 때, 즉 일어난 일이 떠오른 이유를 무효로 만들 때 언어가 먼저 부러진다. 이야기를 잃고 단어들로, 원초적 외마디 비명들로 흩어진다.

문명이 무너져 벌거벗은 대지로 돌아간 자리에서, 우리 앞에 드러난 것은 좌절된 언어다. 어떻게 우리 자신을 호명할까? 어둠을 밝히던 언어의 호롱불이 홀연 꺼졌다. '이제까지'가 '앞으로'를 설명하지 못하는 상황이다. 어째서 이런 일이 벌어졌을까? 폭풍에 부서진 배들은 떠나온 항구로 되돌아가려고 하지만 엔진은 고장 나고 나침반은 망가졌다. 이로부터 하나의 세계가 소진되었다. 우리는 어떻게 될까?

물음은 이어지지만 답은 없다. 중국 우한에서 코로나19가 사람과 공생을 시작한 지, 고작 반년이 지났다. 거리는 썰렁하고, 행사는 취소되고, 학교는 문을 닫았다. 죽음이 우리 곁을 떠나지 않고 있다. 온 세상에서 소식이 한없이 밀려들지만 뭉쳐서 이야기를 이루지 못한다. 모두가 이렇게 놀라고 저렇게 허둥대고 그렇게 어리둥절할 뿐이다.

 당장의 육체적 감염에서 탈출하는 것은 더할 수 없이 중요하다. 희생자를 애도하고, 쓰러진 자를 일으키며, 위태로운 일상을 하루하루 챙기는 건 우선 해야 할 일이다. 그러나 이로써 괜찮을까. 정작 심각한 것은 친인들을 잃어버린 물리적 거리보다 접속사를 상실한 언어의 거리가 아닐까. 살아온 삶을 설명할 언어를 잃고 점차 허무로 치닫는 영혼의 감염이야말로 오랫동안 인간을 괴롭힐 것이다.

 돌아가기도 나아가기도 어려운 양난兩難의 삶은 공기 색깔을 바꾼다. 블루blue, 우울의 색이다. 멍든 마음이 피부로 새어 나와 온 우주로 번지는 중이다. 쓸쓸하고 외로운 영혼은 주변에서 온통 파란색을 본다. "꽃들이 파랗더라/ 내가 살아 있다는 것은 정말일까/ 꽃들이 파랗더라".*

 화자의 삶은 의문에 처해 있다. 살아도 산 것 같지 않은 삶이다. 어두운 세계 곳곳에서 화자는 파란 꽃을 본다. 앞과 뒤에도, 발 밑과 머리 위에도 곰팡이 같은 꽃이 피었을 것이다. 우주가 파랗게 멍들었다. 요즈음 우리의 기분이 아닐까. 무너진 마음이 사방을 둘러싼 푸른 꽃에 갇혀 있다.

그러나 자세히 보라. 멈칫대면서 주저하면서 언어는 여전히 삶을 굳게 붙들고 있다. 극도의 회의 속에서라도 "내가 살아 있는 것은 정말일까"라고 묻는 사람은 살아 있다. 아직 언어가 메아리치는 한 삶은 포기된 것이 아니다. 상처난 마음은 연신 세계 속에서 푸른 꽃을 건져 올리고 있지 않은가. 이 꽃은 절대 무의미일 수 없다. 차라리 세계가 무화하지 않도록, 영혼이 세계에 덧칠한 흔적이라고 해야 하리라.

언어가 닿아 있는 한, 세계는 사라지지 않는다. 세계가 소멸하지 않는 한, 영혼 또한 존재한다. 영혼이 아직 있는 한, 입술은 언어를 내보낸다. 이로부터 위대한 순환, 즉 절망적 세계를 구원하는 시의 운동이 나타난다. 사뮈엘 베케트는 이를 두고 "졸아드는 말을 가지고 가장 덜 최고로 더 나쁜 것을 말하기"라고 노래한 바 있다. 세계는 무상無常하다. 상실 없는 삶은 없다. 그러나 상실이 가져오는 슬픔, 잃어버린 접속사를 어떻게 다루느냐에 따라 이후의 삶은 달라진다. 이것이 문학의 역사다. "졸아드는 말을 가지고" 문학은 한없이 더 나빠지는 세계를 살짝 건드림으로써 정신의 부러진 무릎에 약하나마 힘줄을 댄다.

코로나 바이러스는 '문명의 질병'이다. 인간이 자기를 위해 지구를 착취하는 과정에서 나타났다. 인간과 상관없이 존재하던 수많은 생태계가 파괴되자, 서식지를 잃은 수많은 바이러스와 세균이 새롭게 적응을 시작하고 있다. 지구에서 인간이 압도적으로 우세한 생명체라면, 바이러스의 최선은 어떻게든 인간과 공생하는 법을 찾아내는 것이다. 코로나 바이러스는 그 길을 찾아냈고, 이제는 반대로 인간의 적응을 요구 중이다. 자신과 공생하지 못할 면역계를 가진 인간의 절멸을 선언했다. 우리 문명의 서사가 자연에 대한 착취를 주요 줄거리로 삼는 한 이러한 일은 앞으로도 몇 번이고 반복될 것이다. 또 다른 바이러스와 세균이 지금 지구 어딘가에서 인간을 향해 함께 살자고 손을 내밀고 있다. 따라서 이대로는 더 이상 살 수 없다. 세상은 이미 무너졌다. 지금이 아니어도, 조만간 분명히 무너질 것이다.

그러나 절망할 필요는 없다. 세상의 종말은 한 번만 있지 않다. 우주는 직선이 아니다. 하루에 한 차례 세계는 밤을 겪은 후 다시 태어난다. 한 해에 한 번 자연은 추위를 건너서 또다시 시작한다. 인간 세계도 같다. 성한 것은 반드시 쇠하며, 살아 있는 자는 결국 죽는다. 전쟁, 기근, 재해, 질병, 탐욕 등 온갖 이유로 문명은 무너져내린다. 한 문명이 붕괴할 때마다, 언어의 하늘 역시 접속사를 잃고 통째로 무너진다. 그러나 세계가 그냥 사라지는 것은 아니다. 시인이 존재의 어둠에 '푸른 꽃'을 새겼듯이, 사멸하는 세계 속에서 문학은 언어의 대지에 문신을 남긴다. 이 문신이 곧이어 올

문명에서 우리의 무릎이 된다.

강제된 고독 속에서 나는 무엇을 했던가. 한없이 문학을 읽었다. 한 문명이 멸망한 후 언어의 대지에 남은 문학의 문신들은 '그리고'를 위한 말을 건넨다. 코로나 바이러스처럼, 감염병이 한 세상을 파멸에 몰아넣은 사건은 무수하다. 인류 최초의 서사시 〈길가메시 서사시〉부터 문학은 이미 감염되어 있었다. "훔바바의 숨결은 죽음인 걸요. 숲에 들어서는 사람은 누굴 막론하고 병으로 쓰러집니다." 거대한 삼나무를 베어 와서 성문 기둥으로 삼으려고 길가메시는 원정을 떠난다. 원정대를 위협하는 것은 숲의 신 훔바바가 내뿜는 죽음의 숨결이다. 인간을 병들게 하는 이 보이지 않는 숨결은 분명 낯선 바이러스 또는 세균일 것이다. 문학은 처음부터 알았다. 나무를 베어 숲의 생태계를 파괴하는 자, 바이러스의 반격을 당하리라.

백 년 전 세계는 또 한 차례 몰락했다. 1918년 인플루엔자가 전 세계를 휩쓸었다. 미국에서 시작된 '스페인 독감' 탓에 한 해 동안 전 세계 인구의 약 3~6퍼센트가 목숨을 잃었다. 전쟁으로 죽은 사람이 1500만 명인데, 독감으로 죽은 사람은 최대 1억 명이다.

〈창백한 말, 창백한 기수〉에서 미국 작가 캐서린 앤 포터는 이 인플루엔자의 습격을 기록한다.˙ "그녀는 달아오르는 듯한 둔탁한 두통이 오는 것을 느꼈다."

여주인공 미란다에게서 인플루엔자 증상이 발현된다. 간병하던 연인 애덤은 공병 소위. 전장으로 떠나기 직전이다. 미란다를 위해 병원을 구하려 떠돌지만 상황은 절망적이다. "구급차를 구비할 상황이 못 돼요. 침대도 비어 있지 않고요. 의사나 간호사는 너무나 바빠 찾을 수가 없어요." 도대체 오늘날과 달라진 것은 무어란 말인가.

애덤은 떠나고 고열에 혼수상태에 빠진 미란다는 환각 속에서 죽음과 싸운다. "통증이 다시 돌아와 맹렬한 불처럼 그녀의 혈관 속을 헤집었다. 죽음의 악취가 자신의 몸속에 있다는 사실을 안 그녀는 들어 올린 손을 휘저어 댔다."

죽음을 무찌르고 사랑을 되찾으려는 이 상징적 손짓의 간절함이 통한 것일까. 미란다는 간신히 죽음의 덫을 빠져나온다. 순간, 편지 한 통이 도착한다. 유럽 전장에 파견된 연인 애덤이 인플루엔자에 감염돼 사망한 것이다.

역사는 반복되는 것일까. 길가메시의 명예욕이 훔바바의 숲에서 이름 없는 병사들을 쓰러뜨렸듯, 불굴의 의지로 죽음을 무찌른 미란다의 사랑을 빼앗은 것은 제국주의가 일으킨 무모한 전쟁이다.

수많은 이들을 죽음의 구렁에 몰아넣은 첫 번째 세계대전

• 이시 히로유키, 《세계문학 속 지구 환경 이야기》, 안은별 옮김, 사이언스북스, 2013. 참고.

에서 인간은 별다른 교훈을 얻지 못했다. 20세기의 역사는 '접속사'를 제대로 회복하지 못한 문명이 어떤 운명에 처하는지를 선명하게 보여준다. 공포와 고독, 절망과 광기, 냉소와 허무에 시달리던 이들은 끝내 언어를 되찾지 못하고 또다시 전쟁에 돌입했다. 그리고 우리는 그 전쟁에서 '유대인 대학살'과 '원자탄 투하'라는 인류사적 비극을 겪었다.

　코로나 바이러스와 함께 하나의 문명이 철저히 몰락했다. 그러나 접속사를 잃어버린 언어가 아직 돌아온 것은 아니다. 미국과 중국이 서로를 향해 험악하게 퍼붓는 언어들이 끔찍하다. 사회적 약자와 이방인을 향한 혐오의 언어들이 섬뜩하다. 우리가 미래의 접속사로 전쟁의 서사를 택한다면, 결과는 전 인류의 파멸뿐이다. 코로나 바이러스에 감염되어 세상을 떠난 소설가 루이스 세풀베다는 "라콘, 즉 죽음의 달콤한 유혹에 굴복하지 않고, 몬웬, 즉 삶에 대한 강한 충직함을 보"이라고 말했다. 우리가 지금 써 나가야 할 서사가 바로 '몬웬'의 서사다. 죽음이 아니라 생명의 서사 말이다. 어떤 접속사로 이 서사를 이룩해 갈 것인가. 생각하면서 문학을 읽는다. 문학을 읽으면서 생각한다.

집 이야기

고영범

내 가족이 살고 있는 집으로 올해도 여우가족이 찾아왔다. 마당 건너편에 마당을 관리하는 도구를 주로 넣어두는 창고가 하나 있는데, 마당 관리를 도통 하지 않으니 그 창고에 갈 일이 없고, 그러다 보니 버려진 곳처럼 되어버렸다. 여우가족이 그 아래에 굴을 파고 새끼를 한 배 낳은 건데, 삼 년 전에도 일가족이 두어 달 지내다 가더니 이번이 두 번째다. 그러나 그때도 어쩌면 처음이 아니었을 것이, 우리가 이사를 들어오기 전의 이 집은 지금보다 더 폐허 같았기 때문이다.

우리가 들어올 때 이 집은 꽤 오래 비어 있던 상태였다. 혼자 살던 노파가 요양소에 들어간 뒤 그대로 세상을 떠났고, 유산 상속인인 조카가 '있는 그대로as-is'의 조건으로 싼

값에 팔아 치운 것이었는데, 병약한 노파가 오랫동안 혼자 살던 집이라 낡고 문제가 많았다. 나중에 알게 된 건데, 이 집은 노파가 1958년에, 그러니까 아주 젊었던 시절에 지어서 들어온 집이다. 갓 서른, 혹은 그걸 조금 넘긴 나이였을 테니 그야말로 인생 전체가 눈 앞에 남아 있던 시절이었겠다. 남편은 고아로 자라나 배우가 된 사람이었고, 노파는 광고회사에서 AE로 일했다고 들었다. 일을 하다 만났을까. 두 사람은 결혼을 했고, 아마도 뉴욕 시내에서 신혼살림을 시작했을 것이다. 그러다가 맨해튼의 뉴욕 미드타운에서 80 킬로미터 정도 떨어진 이 타운으로 온 것이다.

모든 게 순조로웠다면 이 두 사람은 아마도 전형적인 '베이비부머'를 낳게 되었겠지만, 두 사람 사이에서는 아이가 생기지 않았다. 이 집은 지금 2층에 작은 방이 두 개, 꽤 큰 방이 하나 있는데, 건축 당시의 설계도를 보면 작은 방이 세 개, 큰 방이 하나로 되어 있다. 큰 방에 붙어 있는 작은 방을 헐어서 큰 방을 더 넓게 만든 건데, 아마도 아이를 낳는 걸 포기하고 난 시점에 그 공사를 하지 않았을까 싶다. 그리고 사내가 세상을 떠났다. 노파는 중년의 여인에서 노파가 될 때까지, 그 후로 삼십 년을 넘는 세월을 혼자 이 집에서 살았다.

노파는 식물을 좋아했던 것 같다. 천장 여기저기에 화분을 매다는 용도로 쓰는 갈고리들이 고정되어 있었고, 아래층 해가 잘 드는 한쪽 구석에 조성되어 있던 실내 화단에는 어른의 키를 훌쩍 넘는 열대식물들이 자라고 있었다. 식물에 관련된 것 말고도 노파의 흔적은 또 있었다. 걸을 때 언제든 붙잡을 수 있는 보조장치와 산소공급용 탱크를 설치했던 자리가 여기저기 남아 있었고, 집 밖 뒤뜰에는 주차 공간에서 아래층으로 통하는 뒷문까지 휠체어가 다닐 수 있도록 아스팔트 포장을 한 좁은 길이 만들어져 있었다. 모두 노파가 끝까지 버티던 흔적들이었다.

우리가 이 집을 고른 건 일단 우리 능력에 닿았고, 그러면서 두 사내아이가 뛰어놀 만한 충분한 공간이 있었기 때문이다. 이 집으로 옮기기 전에 우리는 타운하우스의 위층에 살고 있었는데, 아래위층 사이 방음이 엉망이었다. 아래층은 집주인이 직접 살지는 않고 세를 주고 있어서, 그 집에 누가 들어오느냐에 따라 우리의 처지도 달라졌다. 그 집에서 살던 마지막 해에 새로 이사 들어온 가족은 사내가 새벽에 출근을 해야 했기 때문에 저녁나절의 소음에 아주 민감하게 반응했다. 아이들의 어린시절이 아주 지나버리기 전에, 한두 해라도 아이들이 마음껏 소리내고 뛸 수 있는 집으로 옮기고 싶었다. 이 집은 비록 경사는 좀 졌지만 넓은 마당이 있었고, 집 자체도 널찍한 데다 아랫집이 없는 건 물론이고 옆집들도 뚝뚝 떨어져 있어서 소음 피해를 끼칠 일도, 받을 걱정도 없어 보였다.

그러나 아이들은 이사를 하자마자 거짓말처럼 조용해졌다. 아이폰과 아이패드의 세계를 제대로 발견한 것이었다. 두 아이는 그것들을 하나씩 들고 비로소 생긴 '내 방'으로 각각 들어가 박혔다. 그리고 내게는 여기저기 끝도 없이 손을 봐야 할 집이 남았다.

그 후로 어느새 팔 년. 이 집은 내게 장단기적으로 해치워야 할 것들이 늘 있는 일거리였지만, 조금씩 배워가면서 목욕탕을 새로 하고, 세탁실을 만들고, 부엌을 다시 하는 식으로 그 일거리들을 하나씩 하나씩 해결해가는 동안 관심과 재미의 대상이 되었고, 심지어, 믿거나 말거나, 명상의 대상이 되기도 했다. 명상을 하는 사람들은 명상을 하는 동안 자신의 몸을 스스로 관찰하면서 호흡과 피의 흐름을 따라가 본다고 들었다. 나는 미뤄뒀던 어느 한 부분의 수리를 일단락 짓고 나면 자기 전에 가만 누워서, 내 몸을 살피는 대신 내가 손을 본 부분의 바닥과 지붕의 수평 혹은 기울기와 그 둘 사이를 잇는 기둥과 벽들의 수직 상태를 운산하면서 힘의 배분을 상상해보고, 층간과 벽들 사이를 지나가는 상하수도와 전선들의 배치, 그리고 공기의 흐름을 머릿속에서 그려보곤 했다.

이렇게 몇 해를 살다 보니, 언젠가는 작고 아름다운 집을 하나 지어 봐야겠다는 생각이 슬금슬금 들기 시작했다. 1980년대에 〈씨받이〉라는 영화가 있었다. 아마 내용은 몰

라도 이름은 대개 들어본 영화일 텐데, 내게는 독특한 공간
감으로 기억에 남아 있다. 미국에서 한옥을 지을 수 있을
가능성은 거의 없지만, 안과 밖이 트였다가 막혔다가 하면
서 공간의 깊이감도 수시로 달라지는 한옥의 느낌을 설계
에 반영할 수 있지 않을까 하는 식의 공상을 늘 하곤 하는
건데, 그러니 돌아다니는 길에 보이는 좀 괜찮아 보이는 집
들은 내게는 늘 흥미의 대상이다.

　코비드-19 팬데믹이 본격적으로 시작되기 전이니까 아마
지난 3월 초였을 것이다. 작은애가 스쿨버스를 놓쳐서 학교
까지 데려다주고 오는 길에 타운 중심가 바로 뒷길에서 집
을 짓기 위한 기초공사를 하고 있는 현장을 봤다. 이 타운
은 삼백 년이 넘는 역사를 지닌 곳이라, 새로 집을 짓는 공
사가, 더군다나 백 년 넘은 집들이 즐비한 타운 중심가 쪽
에서 진행되는 건 상당히 드문 일이다. 그로부터 얼마 지나
지 않아 학교들이 문을 닫았고 나도 그 뒷길로는 다시 갈
일이 없었는데, 두어 주 전에 슈퍼마켓에 다녀오는 길에 그
길로 오게 됐다. 팬데믹에도 불구하고 공사를 계속 진행해
왔던 건지 이미 골격은 다 완성되어 있었다. 목조주택의 건
축 현장을 직접 볼 수 있는 기회라는 생각이 들어서 현장
입구에 차를 대고 내렸다. 날도 좋고 해서 현장에 공사인력
이 있겠거니 했는데 의외로 아무도 없었다. 사람이 없긴 하
지만 골조를 완성시켜 놓고 외벽을 부분적으로만 세워 놓

은 상태라, 안에 들어가지 않고도 비어 있는 창틀을 통해서 얼마든지 안을 둘러볼 수 있을 것 같았다. 그러나 나는 그렇게 하지 않았다. 창틀로 다가서다 말고 다시 차로 돌아와 그 자리를 떠났다. 여태 이 동네에서 살면서 아시안이라는 이유로 억울한 대우를 받아본 적은 없었는데 미국에서 본격적으로 확진자와 사망자들이 발생하고, 이 타운에서도 사망자가 나오기 시작하면서 동네의 분위기가 많이 달라져 있었다. 도널드 트럼프라는 자는 '차이나 바이러스'를 강조하면서 중국에 대한 비난을 선거전략으로 삼고 있었다. 그날만 해도 슈퍼마켓에서 그 전에는 당해본 적이 없는 모욕과 도발을 당하고 나온 길이었다. 조심해야 했다.

이 글을 쓰고 있는 지금, 미국은 얼마 전에 중부의 도시 미니애폴리스에서 경찰이 흑인 시민을 살해한 사건에 대한 항의시위로 들끓고 있다. 이 사건 전에는 남부의 조지아 주 어느 중산층 타운에서 아마드 아버리라는 이름의 흑인 청년이 조깅을 하다가 세 명의 백인에게 추격당한 끝에 엽총으로 살해당한 사건이 있었다. 정확히 말하자면 그 사건은 2월 말에 일어났지만, 가해자들이 체포조차 되지 않은 상태에서 묻혀가다가 당시의 상황을 담은 비디오가 얼마 전에 인터넷에 돌게 되면서 살해 당시의 정황이 분명하게 드러났고, 그로 인해 재수사가 시작되었다. 그리고 사건이 발생하고 나서 두 달이 넘게 지난 며칠 전에야 살해자들이 체포되었다.

아마드 아버리는 살해당하기 전 며칠 동안 같은 길을 줄곧 뛰었는데, 그 길에는 신축공사 중인 개인주택이 한 채 있었다. 아마드 아버리는 그 길을 뛰던 며칠 동안, 늘 그 집에 들러서 삼사 분 정도 시간을 보내다가 다시 갈 길을 가곤 했다. 신축공사 중인 집의 앞집에 사는 이가 그 모습을 늘 주시하고 있었고, 어떤 이유에선가 마지막 날 경찰에 신고를 했다. 아마드 아버리가 그 집에서 나와 다시 뛰기 시작했을 때, 경찰에 신고를 한 앞집에서 두어 집 떨어진 집의 픽업트럭이 시동을 걸고 그를 쫓아가기 시작했다. 그 차가 떠나자마자, 그 바로 옆집에서도 차 한 대가 바로 따라 나섰다. 그렇게 해서 차 두 대가 앞뒤로 포위한 상태에서, 그들을 피해 달아나려던 스물다섯 살 먹은 청년을 쏴 죽였다.

공사중이던 그 집에는 폐쇄회로 티브이CCTV가 설치되어 있었는데, 그 영상에는 아마드 아버리 말고도 여러 구경꾼들이 그 집에 드나드는 모습들이 찍혀 있었다. 그 영상에 모두 네 번 찍힌 아마드 아버리는 매번 삼 분 정도 실내를 둘러보다가 나가곤 했다. 아버리의 살해자들은 그 집에서 도난사고가 있었기 때문에 아버리를 추적했고, 그와 다툼이 벌어졌다가 우발적으로 쏘게 됐다고 했지만, 집주인은 아무것도 잃어버린 게 없다고 했다. 그런데 스물다섯 살의 흑인 청년 아마드 아버리는 왜 조깅을 하다가 매번 그 빈 집에 들르곤 했을까? CCTV 영상을 모두 확인해본 아버리 가족의 변호사는 아버리가 그 집의 수도에서 물을 마시면서 쉬었고, 그동안 실내를 둘러보곤 했던 것 같다고 말했다.

아버리는 고등학교 때 미식축구 선수였고, 기술대학을 일년 반 다니다가 비용 문제로 중단했다. 아버리의 삼촌들 셋이 모두 전기 기술자였고, 아버리 역시 그들처럼 전기 기술자가 되고 싶어했다. 전기 기술자에게 신축공사장은 일종의 '꿈의 현장'이라고 한다. 아버리는 거기서 자기의 미래의 직업을 보고 있었던 걸까. 혹은 언젠가 그런 집을 짓고 사는 꿈을 꾸었던 걸까. 아버리는 그 집에서 멀지 않은 빈민가에서 살고 있었다.

동네에 산보객이 많이 늘었다. 전에는 같은 시간에 같은 개를 데리고, 비슷한 장소에서 늘 마주치게 되는 몇 명이 있었다. 3월 중순쯤에 회사들이 문을 닫고 자가격리가 시작되면서 산보시간들이 흐트러지기 시작했고, 못 보던 사람들, 처음 보는 개들이 나타나기 시작했다. 우리 동네에 있었지만 그동안 바깥에 나다니지 않던 사람들과 개들이 나오기 시작한 건지, 멀리 사는 사람들이 여기까지 오는 건지 모르겠지만, 아무튼 중요한 질서가 허물어진 느낌이다.

늘 마주치던 이들 중에 다른 사람들은 이따금이라도 보는데, 자그마하고 늙었지만 성깔은 그대로 살아 있는 웨스

티 종을 데리고 다니던 노인은 두 달이 지나도록 아직 한 번도 못 보고 있다. 그 개는 지난여름이었나, 노인의 친구가 잠시 맡기고 간 놈이었는데 그 친구가 돌아오지 못하게 되면서 영영 노인의 것이 되고 말았다.

노인을 마지막으로 만난 건 한국에서 코비드-19 확진 사례가 치솟았다가 잡히면서 세계의 주목을 받기 시작하던 시점이었다. 노인은 봉준호 감독의 오스카 삼관왕과 한국의 코비드-19의 방역 성공을 언급하면서 "이제 한국에서 백신만 개발하면 진짜 삼관왕이 될 것"이라고 농담을 건넸다. 우리 둘뿐 아니라 타운의 누구도 마스크를 하지 않고 다니던 때였다. 노인은 안녕할까. 그 노인이 쓰러지면 그가 소담하게 잘 가꾸고 있던 그의 집도 금세 허물어지기 시작할 것이다.

인구 2만5천 명의 이 작은 타운에서도 이미 확진자가 213명, 사망자가 42명에 달하고 있다. 남미에서 온 이민노동자들이 그날은 봄을 맞을 준비를 하느라, 오늘은 웃자란 식물들을 다스리느라 남의 집 정원에서 일하고 있었다. 노인들의 순서가 끝나면, 아마도 남의 집들을 오가며 돌봐주는 저 건장한 육체들을 비롯한 '필수 직종' 인력들이 다음 순서일 것이다. 우리 집에는 정원을 돌봐주러 오는 이들은 없지만, 우체부와 유피에스UPS 그리고 페덱스Fedex 세 곳의 배달부들이 수시로 들른다. 우체부는 흑인이고 유피에스와 페

텍스의 배달부는 백인들이다. 우체부와 유피에스 배달부는 나와 얼굴을 마주칠 때면 가벼운 농담도 주고받는 사이지만, 페덱스 배달부는 항상 화난 얼굴로 물건을 집어 던지듯이 내려놓고 가곤 한다. 예전 같으면 농반진반 섞어서 항의를 했겠지만, 지금은 그의 차가 진입로로 들어오는 걸 보면 피하는 쪽을 택한다. 그도 불안한 인간일 뿐이다.

내 집은 아직 잘 서 있다. 이 전염병 때문에 대학에 가 있던 큰아이가 돌아와 역시 집에서 명목만의 원거리 수업을 하면서 놀고 있는 작은놈과 집수리에 손을 보태면서, 집은 오히려 더 튼튼해지고, 더 아름다워지고 있다. 요 며칠 아이들과 온실을 만들고 마당을 정비하는 작업을 하면서, 문득문득 허리를 펴고 집을 올려다본다. 내 낡은 집은 언제까지 이 자리에 서 있을 수 있을 것인가. 나는 언제까지 이 집 앞에 서 있을 수 있을 것인가. 여우는 곧 떠날 것이고, 언제고 내킬 때 다시 돌아올 것이다. 우린 아마 그때도 이 집에 있을 것이다. 아주 특별한 일이 없는 한.

코로나 시대를 위한 친절한 창업 가이드

정지돈

.

조형준 씨를 처음 만난 건 2017년 여름 즈음이다. 독립 큐레이터들이 기획한 전시 퍼포먼스의 작가로 그와 내가 섭외됐다. 안무가인 형준 씨는 길게 기른 머리에 수염이 덥수룩했지만 지저분해 보이지 않았다. 오히려 깨끗해 보였고 언뜻 보면 산에서 이슬만 먹고 사는 신선 같기도 했으며 다시 보면 예수 같기도 했다. 실제로 어린 아이들은 그에게 이렇게 물었다.

"양은 어디 있어요?"

형준 씨와 내가 함께한 전시 퍼포먼스는 〈직사각형 둘레에서 글쓰기 혹은 움직이기〉라는 제목으로 형준 씨가 동작을 하면 그걸 내가 실시간으로 기록하고, 그 기록이 실시간으로 미술관 벽에 프로젝션으로 상연되는 형식이었다. 사람들은 동작과 텍스트가 기록되는 모습을 실시간으로 봤다.

연습은 겨울 동안 진행됐다. 형준 씨의 작업실인 구의동의 '92백정'에서 연습했는데 이때 손민선 씨를 처음 만났다. 민선 씨는 건축가이자 형준 씨의 파트너로 두 사람은 'MU:P'(뭎)이라는 퍼포먼스 그룹으로 활동한다. 민선 씨는 큰 키에 마른 몸, 크게 웃는 얼굴이 인상적인 사람으로 요리를 잘했고 플레이팅도 잘했고 그렇게 차린 음식을 사람들에게 먹이는 것도 잘했다. 한번은 그들 집에 들를 일이 있었는데 민선 씨가 낙지젓갈에 밥을 비벼 줬다. 그녀의 고향인 봉화에서 직접 만들어 공수해 온 참기름이 밥 위에 몇 방울 떨어졌고 나는 아마 약간 울면서 먹었던 것 같다.

두 사람을 알게 된 뒤 종종 만나거나 여행을 가고 작업을 같이 하기도 했다. 그들은 드물게 성실하고 열정적인 사람들로 늘 뭔가를 하고 있었는데 놀라운 사실은 그렇게 바쁘고 많은 일을 하는데도 불구하고 여유로웠다는 사실이다. 그들은 항상 느긋했고 시간을 풍족하게 사용했다.

그게 어떻게 가능해요? 나는 그들에게 물었고 두 사람은 "하는 일이 없어서?"라고 웃으며 반문했다. 하는 일이 없는데… 그렇게 많은 걸 하다니….

조형준, 손민선 씨가 여유로운 이유는 여럿 있겠지만 가장 큰 이유 중 하나는 시간을 무의미하게 보내지 않는다는 데 있다. 사회관계망서비스(SNS)나 유튜브, 티브이 채널 따위를 돌리며 시간을 죽이고 자기혐오에 몸부림치면서 다시 불량식품 먹듯 불량 문화를 게걸스럽게 흡수하는, 현대인들의 악순환과 거리가 멀었다. 두 사람은 훨씬 잘 놀았고 제대로 놀았다. 그들에게는 예술가들에게 흔히 보이는 자기혐오와 자기연민의 흔적이 거의 없었다. 유명해지지 못해서 안달이 나거나 돈 때문에 초조해 하지도 않았다.

그런 그들도 코로나19 바이러스 이후 진짜 하는 일이 없어졌다. 코로나19는 전방위적으로 영향을 끼쳤지만 그 영향이 가장 큰 분야는 공연예술계일 것이다. 나 같은 경우는 직업적인 측면에서 영향이 거의 없다. 청탁은 이어졌고 예정된 책은 출간되었으며 토크는 유튜브 라이브로 진행됐다. 심리적인 압박감이나 걱정, 염려, 산만함 등은 있었지만 실질적인 타격을 받은 사람들과 비교하면 우스운 수준이다. 그에 반해 뭎은 2020년 상반기에 예정되어 있던 공연이 모두 취소됐다.

어쩌지?
어떻게 되겠죠.
어떻게 되겠지?
어떻게… 될까?

코로나19 바이러스가 본격화되고 만난 그들과 나는 답이 없는 대화를 나누고 헤어졌다. 형준 씨는 작업실 바닥에 누워서 어쩌지-어떻게 되겠지의 무한루프에 빠진 상태라고 했다. 작년 연말에 임신한 민선 씨는 배가 조금 나왔고 역시 고민이 많았지만 요즘은 시도때도 없이 졸린 게 제일 문제라고 했다.

그리고 일주일쯤 지났나, 그들의 인스타그램에 사진이 올라왔다. 앞치마를 두른 형준 씨가 베이글 반죽을 오븐에 넣고 있었다. 다음 사진은 노릇하게 구워져 완성된 베이글. 그때만 해도 형준 씨가 취미로 제빵을 배우나 생각했다.

그리고 며칠 후 또 사진이 올라왔다. 자양동 어느 골목 코너의 상가였다. 형준 씨랑 민선 씨는 그곳에 세를 얻었다고 사진에 코멘트를 달았다.

???

내가 댓글을 달았고—나뿐만 아니라 그들의 지인 모두 의문의 댓글을 달았고—그들은 대답했다. 빵집….

!!!

할 일이 없어진 형준 씨가 누워서 유튜브로 제빵 과정을

봤고 별 생각없이 시도했다가 여기까지 왔다는 거였다.

충격!

내가 댓글을 달았고 형준 씨와 민선 씨는 대답했다.

시식하러 오세요!

마침 집 근처에 작지만 귀여운 공간이 생겼고 덜컥 계약을 했다고 한다. 부동산 아주머니는 복비를 깎아줬고 가구 디자이너인 지인은 가구를 만들어줬다. 그렇게 공간이 생기고 나니 갑자기 할 일이 많아졌다고 형준 씨와 민선 씨가 말했다.

빵집만 하기엔 공간이 너무 아까워요.

그들 주변에는 코로나19로 인해 시간이 남는 사람들이 많았고 위기와 슬픔에도 불구하고(혹은 그 때문인지) 의욕이 넘쳤다. 뭎 역시 한동안 써먹지 않은 능력을 이참에 다시 발휘하기로 했다(형준 씨는 십여 년 전쯤 요가 강사로 이름을 날렸고 특히 태양경배 자세로 유명했다).
그래서 자양동의 여덟 평 남짓한 공간에 다음 회사(?)들이 입주했다.

베이글준
민선손건축사사무소
월요시네마
선데이브런치클럽
무프탑요가
피지피가구
로컬팜마켓
(주)드로잉
위클리북스

민선, 형준 씨는 이곳을 '무파MU:PA', MU:P Associates라
고 이름 붙였다.

이게 무슨 장난이냐고, 저것들이 모두 운영되는 거냐고
물을 수도 있지만 사실 나도 '위클리북스'에 참여할 예정이
다. 또한 '태닐힙 마켓'이라는 이름의 빈티지 마켓도 제안했
는데 즉석에서 받아들여졌다.

무파의 운영 방침은 없다. 원하는 사람은 모두 참여할 수
있고 무파에 회사를 오픈할 수 있다. 여기엔 자격 요건이나
투자 가능성, 트렌드에 대한 예측 따위는 없다. 말하자면

무파는 '포스트-코로나 벤처 플랫폼'이다. 무파에서 창업
한 회사는 하루아침에 사라질 수도 있고 이름만 있는 상태
로 영원히 지속될 수도 있다. 이 새로운 회사의 목적은 이
윤 추구나 확장이 아니다. 무파가 목표로 하는 것은 '생존'
이며 '공생'이다. 그런 의미에서 형준 씨와 민선 씨는 베이
글을 하루에 열두 개만 만들기로 했다. 인류는 과식을 멈춰
야 하기 때문이고 베이글을 더 만들기엔 형준 씨의 손목이
아프기 때문이다. 그러므로 베이글이 먹고 싶은 사람은 아
침 일찍 오거나 예약할 것. 지금 당장 필요한 것은 그것뿐
이다.

여기서 끝나야 시작되는 여행인지 몰라

여기서 끝나야 시작되는 여행인지 몰라

김현 외

시를 일구어

저주를 포도원으로 바꾸고

인간의 실패를 노래하라

황홀한 고통 속에서

▶

위스턴 휴 오든

일러두기

• 《여기서 끝나야 시작되는 여행인지 몰라》는 각자 고립된 팬데믹 상황에서 삶의 의미를 나누기 위해 스물아홉 분의 작가들이 시와 에세이 그리고 그림으로 참여하여 만든 앤솔로지입니다.

• 이 책은 양방향에서 시작되는 책으로, 에세이로 시작하는 표지와 시로 시작하는 표지가 각각 있으며, 편의상 에세이에서 시작하는 표지를 앞표지로, 시에서 시작하는 표지를 뒷표지로 구분하며, 앞표지와 뒷표지는 거꾸로 되어 있습니다.

• 책의 하단의 쪽수는 에세이의 경우 'E'를, 드로잉의 경우 'D'를, 시의 경우 'P'를 각각 쪽수 앞에 두어 혼란을 줄이고자 하였습니다.

차례

시 Poetry

드로잉 Drawing

에세이 Essay

여기서 끝나야 시작되는 여행인지 몰라

시

김현

문보영

배수연

서윤후

안희연

장석주

최지은

황인찬

행복한 사람

김현

자기 집 마당에
장미과 장미속을 심고 가꾸는 사람을 훔쳐봤다
너무 행복해 보여서
몰래몰래
담을 넘어오면 꺾어버려야지
가시에 푹
찔려야지 순수하게
시샘해서 눈물 흘려야지
행복은 훔칠 수 있을 때 훔치는 것
돈으로 살 수 있는 걸 돈으로 사는
행복한 사람은
물욕에 절절매지 않아 무난하다

매사

모두 다 무난하다고 여기는 사람을 보면

집에 산세비에리아 화분은 꼭 하나씩 있고

산세비에리아의 꽃말도 어쩜,

관용

스스로 물 주고 비료 줘서

혈행이 좋은

색 붉고 가시 두꺼운 장미과 장미속을

뚝뚝 잘라서

고품격 화병에 꽂는 손모가지는

아무쪼록 생기로워서

훔쳐보게 된다

몰라 몰라

저런 손목도 비 오면

파전 앤 막걸리

눈 오면

양꼬치 앤 칭따오 하며

남의 손목을 덥석 잡을까

눈물이 차올라서 고갤 들어

두 손목으로

눈가를 앙앙 눌러줄까

들켜버릴까

있는 집에서 자란 애들이 그늘도 없다

밝다 밝은 나머지

손수건을 건네줘야지

닦아서 나 줘

행복한 사람의 눈물 맛은 어떨까

혀를 대봐야지

엄마야, 놀래라

이렇게 맛있는 게 행복

눈물의 정수구나

뒤로 넘어가야지

코가 깨지는 행복도 가만 보면

자기 집 마당에 장미과 장미속이 풍성한 사람이

잘 갖고 논다

미련이 없거든 어차피

한 세상 살다 가는 우리

(인간에겐 희망이 없다는 것이 힐링 포인트)

행복은 가까이 있다는데

남의 집 장미 넝쿨이

이럴 수가 아름다워 보여서

희망적인 사람이기로 했다

꺾이지 않는

피를

똑

똑

똑

흘리면서

도망쳤다

행복한 사람은 쫓아올 생각도 없는데

굴

➤

문보영

◄

　나는 친구와 식당에 갔다. 우리는 볕바른 창가 자리에 앉았다. 친구가 갑자기 울음을 터뜨렸다. 친구는 그만 그 사람을 사랑하게 되어버렸다고 했다. 내 옆에는 굴이 있었다. 친구는 그걸 한입 먹을 수 있겠느냐고 했다. 나는 안 된다고 했다. 친구는 울었다. 친구는 이제 어떠한 자극도 견뎌내지 못하는 사람이 된 것이다. 그래서 나는 친구를 껴안았다. 나는 누군가를 안아주는 것을 번거로워하는 인간이다. 그때, 친구가 창가를 가리키며 소리쳤다. 그 사람이야! 나는 그쪽으로 고개를 돌렸다. 저건 낙타잖아. 나는 솔직하게 말했다. 그게… 너에게도 보인다고? 친구의 눈빛이 싸늘해졌다. 그 사람이 내 눈에도 보인다는 사실이 억울한 모양이었다. 나는 그런 종류의 눈빛에 익숙하다. 뭔가를 뺏긴

듯한 눈빛. 나는 가끔 죽고 싶다. 내 옆에는 귤이 있고 나는 며칠 전 바다에 갔기 때문에. 바다에서 나는 의도치 않게 참치 한 마리를 만났다. 참치에게 다리가 있었고 섬세한 다리털이 나 있었는데 그걸 본 사람이 지구상에 나 하나뿐이라는 사실에 나는 화가 났다. 나는 뭔가를 빼앗긴 느낌에 시달렸다. 나는 이따금 죽고 싶다는 마음에 열광한다. 나는 말동무가 필요했을 뿐인데 창밖으로 낙타 한 마리가 지나가버렸다. 나는 널, 사랑하는데. 나는 친구에게 고백했다. 귤은 여전히 내 옆에 있다. 나는 귤을 주지 않았다. 주지 않는 것을 보여주기 위해 귤을 그곳에 놔두었기 때문에. 나는 이제 두려움을 바라보는 바보가 된다.

누

배수연

지금 내가 생각하는 구절은 그때 누가 읽었던 구절이 아니에요
누가 누워 있는데도 나는 누가 서 있다고 생각합니다
수직으로도 수평으로도 가로지르는
누가 처음 배운 영원을 생각하는 방법이겠죠
마치 영법과도 같아서
바다에 들어갈 땐
해변의 절여진 널빤지들을 붙잡지 말 것 그건
모래가 든 서류봉투일지도 모르므로

널빤지엔 소금으로 된 문자가 빗살처럼 새겨져 있겠지만
괜찮아요

바다는 이미 모든 구절이므로

당신이 그 구절을 발견하길 바라

우리는 속삭입니다 그의 귀를 레버처럼 돌려줍니다
힘껏 앞으로 밀어주며
누, 죽은 듯 웃어볼래

지금 내가 보는 장면은 누가 본 장면은 아니에요
모래 위를 걸을 땐
부디 천천-히
빨리 걷는 것만으로도 앞서가는 이를 겁에 질리게 할 수
있으므로
수직으로도 수평으로도 가로지르며
느리게 노래하는
그건 우리가 영원을 관찰하는 방법이겠죠

우리는 무리

⯈

배수연

◀

맞춰 봐, 우리가 무얼 먹었는지
맞춰 봐, 우리가 짝짝이인지
우리가 걸어왔는지(미끄러졌는지) 이곳의 함몰된 부분을
향해
던지거나 던져졌는지
다시 선택하기 위해
다시 선택받기 위해
다시 질문할지

우리가 오기 전 그려진 그림들을 보지 말 것
그것은 우리의 고유한 인상과 기억을 지배하므로

깃털들은 밤새 자라나네
작은 등이 무거워서
조는 새는 가만히 추락한다 자신의 발등으로
숨이 담긴 풍선처럼
한 번쯤 외면해본 유람선처럼

발톱을 그러쥘 때
맞춰 봐, 우리가 어떤 새였는지
맞춰 봐, 우리는 어떤 객실인지
우리는 무리인지
무리는 무리인지

블루

➤

서윤후

◄

우리는 서로를 조용히 따라다녔지 충직한 사람처럼 보일
까 봐 하품하고 때론 막 태어난 사람처럼 굴면서
빗나가면 좋겠다며 서로를 겨누다가
끝내 다치지 않는 지루함을 견뎌내면서

좋은 말이 생각났어
밤이 불을 켤 때 해주려던 말 내가 나의 닿지 않는 곳을
긁을 때 뱉는 말 말이 나를 떠날 때 해준 옛날이야기였는데
돌려받지 않아도 좋은 말을 찾아서 떠났지
우리가 끝나야 시작되는 여행인 줄 모르고

이제는 다 알게 된 우리가 몰랐어야 하는 것들

서로의 악몽을 드나들기 위해
그을린 표정을 열심히 베끼면서
검정을 마구 휘갈기면서
너를 망치는 나의 습작
잊혀가는 들판 위로 뿔을 들키는 포복 자세

형광등이 가려낸 벌레의 낯빛은 여전한 우리
악취 나는 가장 흥미로운 곳으로 착지하려고 해
환한 이마로부터 가장 먼 곳으로

우리는 우리를 기웃거리다가
빙하에 실려 떠내려온 이 따뜻함을
어쩔 줄 몰라 한다

율마

➤

안희연

◄

창가가 환해졌네, 말했습니다
그가 나를 처음 이곳으로 데려오던 날이었습니다

율마는 측백나무과에 해당됩니다
강한 빛을 좋아하며 특유의 향을 지니고 있지요
어린 나무일수록 물을 더 자주 주어야 합니다

그는 동봉된 메모를 꼼꼼히 읽으며
내 앞에 한참을 서 있었습니다
무언가를 잃어버린 사람처럼 보였습니다

그날 이후

나는 이곳에서 그의 하루를 지켜봅니다

잠에서 깨어나 상을 차리고 먹다 만 밥을 치우고 티브이를 보다 다시 잠드는 생활입니다

그는 좀처럼 외출하는 법이 없습니다

그에게 발이 있다는 게 놀라울 정도입니다

아주 가끔 고개를 끄덕이거나 눈물을 글썽이는 것 외엔 미동도 없습니다

물과 햇빛이 필요한 건 오히려 그쪽인 것 같습니다

나는 알지 못합니다

그가 왜 그런 모습으로 존재하는지

내가 왜 이런 모습으로 여기에 있는지

다만 나의 잎은 뾰족하여 악몽을 터트리기 좋고

돌아오지 않는 것을 기다리기에 겨울은 너무 추운 것입니다

내가 아주 작은 씨앗이었을 때

누군가 내게 했던 귓속말이 떠오릅니다

너는 추위에 강하게 설계되었단다

푸르거라 다만 푸르거라

이제 세상은 일요일
어김없이 그의 잠꼬대가 들려옵니다
아마도 그는 측백나무숲을 헤매고 있는 모양입니다
 밤은 깊고 발은 빠지고 짐승 울음소리는 사방에서 들려
오고

그의 잠을 지키는 일

나는 그의 갈퀴가 되고자 합니다
주먹 속 조약돌이 되고자 합니다

악몽을 나눠 갖는 사이를
나는 가족이라 부릅니다

아내의 발레

✂

장석주

◀

노란 새를 품고 밤마다 날개를 파닥거렸다. 제빵사의 집에서 새장의 향기로운 새를 오래 들여다봤다. 새는 세계의 침울 속에 가만히 앉아 있었다. 내 어두운 심장에 노란 새가 화살이 꽂히듯 날아들었다. 파란 대문을 나서 돌아오는데 어깨 위로 노란 빛이 쏟아졌다. 돌아오는 길이 고요하고 아름다웠다. 아, 가을이구나! 태양이 빵처럼 구운 노란 나뭇잎이 우수수 떨어졌다. 소년이 나뭇잎과 추락한 꿈을 텅 빈 폐교 운동장으로 데려갔다.

태고의 빛으로 물든 무한의 가장자리에서 서성거렸다. 어린 가슴으로 새들이 추락했다. 강물이 우는 소리를 처음 들었다. 실패에 대한 면역력이 생기면 첨탑의 종을 치는 종지

기라도 되어볼까. 종소리를 저 극지까지 보내고 싶었다. 얼음과 서리가 오는 새벽에 뒤척이며 깨어 있었다. 결혼식 아침이 열릴 때 내 안의 둥근 씨앗들이 싹을 틔울 기미를 보였다. 초록색 저녁 하늘에 별이 뜨고, 항구에는 출항을 서두르는 배들이 늘어났다. 자, 기억이 나지 않는 수數를 기억하고, 옛 별들이 빛나는 숲으로 탐조探鳥 여행을 떠나자.

어른의 기분은 어떤 것일까. 먼 나라의 수도 이름을 외우고, 도서관 계단에 앉아서 농구 하는 아이들을 구경했다. 현관과 발코니가 있는 집에서 살고 싶었다. 발코니에서 가을이 오는 길을 오래 바라보고 싶었다. 여름이 오면 올리브 나무와 미궁迷宮이 있는 크레타섬으로 가야지. 크레타, 크레타, 크레타. 크레타와 함께 갓 씻은 별들과 잘 익은 자두들을 상상한다면, 나뭇잎을 함부로 대하는 사람들, 잘 마르지 않는 빨래와 아픈 어머니가 있는 가정의 사소한 불행쯤은 견딜 수 있었다. 불행은 내 과오들 때문일까? 가을 황국黃菊 언저리에서 벌들이 잉잉댔다. 먼 길 가는 소년이여, 집으로 돌아오라! 돌아오라! 돌아오라!

자, 때가 왔다! 한여름 물고기가 수직 폭포를 힘차게 거슬러 오르듯이. 저 높은 데 매달린 나뭇잎, 빗방울, 과일을 손을 뻗어 따 내리듯이. 가슴을 앞으로 내밀고 갈비뼈를 모

은 뒤 발뒤꿈치를 들고 걷자. 가난에 자존심을 굽히면 안 돼! 척추를 곧추세우고 무릎을 올려 뛰는 법을 배울 것. 바람과 속도에 취해 노래를 부를 것. 두 팔을 나뭇가지처럼 뻗어 날개를 펼치고 공중에 떠 있는 새가 될 것. 공중에서 오래 머무를 것. 상床 위에 물 한 잔을 놓을 것. 이 별의 오랜 연인을 위해 사람을 대하는 가장 겸손한 자세를 유지할 것. 여름이 가기 전 너에게 머리를 숙여 안녕, 하고 인사를 한다. 너의 아름다움과 고통에 기어코 닿기 위해 나는 노란 새가 되고자 한다.

너 홀로 걷는 여름에

최지은

최선을 다했어요.

언제쯤 그런 말을 다 할 수 있을까요
여전히 나는 나 자신을 미워하고 꾸짖고 구박하는 여름
속에 나인데요

최선을 다했잖아요.

오랫동안 마음에 두었던 사랑을 떠올리면 들렸어요
나를 멈춰 서게 하는 목소리

나는 자살유가족입니다

수년 전 여름, 울리다 만 아버지의 전화 소리가
돌연 내 머릿속을 가득 메우기 시작할 때
나 또한 그만두고 싶은 순간이 찾아와요

멍해지는 여름

하지만 어쩐 일인지
나를 멈춰 서게 하는 사랑 또한 나의 여름 속에 있습니다

지난겨울, 어두운 골목길
통조림 뚜껑에 손을 베이고
한쪽 눈을 잃은 고양이 두 번씩 눈을 깜박이고
만지지 않고도 손결을 느끼고
말하지 않고도 대화가 이어지던 그 밤

처음으로 소리 내어 말해보고 싶었어요

최선을 다했잖아요.

매일 아침 일곱 시
사과를 씻고 커피콩을 갈고 물을 끓이며

오늘의 날씨를 확인합니다

오늘의 창으로 오늘의 날씨를 맞이하며
내일의 시를 위해 오늘은 오늘의 시를 쓰기로 하고요
아직은 아무에게도 보여준 적 없는 나만의 시 나만의 놀이
나만의 장난을 이어갑니다

사랑과 물결 사랑과 햇빛 사랑과 올빼미 사랑과 학교 사랑과 운
동장 사랑과 물방울 사랑과 구름 사랑과 로댕 사랑과 흰 개 사랑
과 물고기 사랑과 이파리 사랑과 낮잠 사랑과 음악회 사랑과 소아
과 사랑과 망원동 사랑과 숨바꼭질 사랑과 돌멩이 사랑과 열두 시
사랑과 첫눈 사랑과 자두 사랑과 자장가 사랑과 바이올린 사랑과
유리잔 사랑과 부케 사랑과 박하 사랑과 히비스커스 사랑과
꼬리풀 블루 꼬리풀 블루⋯⋯

끝없는 놀이 끝에 슬픔이 조금 묻어난다면
잠시 멈추기로 합니다

또 한 겹 흘러가도록

약속했거든요

오늘 날씨는 어떻게 흘러갈까요

오후엔 약한 비 소식이 기다리고 있습니다

이 꿈에도 달의 뒷면 같은
내가 모르는 이야기 있을까

➤

최지은

◀

아무 일 없이 하루가 끝나고 자정이 되고 나는 고속버스 안에서 잠이 들어 있습니다. 반포터미널에서 전주, 아버지의 집으로 가는 검은 도로. 겨울의 버스 차창은 성에로 뒤덮여 모든 것이 포근해 보입니다. 밖은 불투명하게 가려지고 승객들은 저마다의 몽유 속에 가볍게 고개를 흔들고 있습니다. 나는 무거운 몸을 창에 기댄 채 꿈속으로 빠져듭니다. 등 돌린 어머니가 보입니다. 내가 세 살 때, 다른 사랑을 찾아 나를 떠난 나의 어머니. 하얀 부엌. 뒷모습의 어머니는 통조림 뚜껑을 열고 있습니다. 크게 울려오는 통조림 뚜껑 소리. 뒤집힌 통조림에선 붉은 양귀비가 쏟아지기 시작합니다. 연이어 푸른 들판. 늪처럼 깊은 여름 밤하늘이 흘러넘칩니다. 검푸른 밤하늘에 눈을 줄 때마다 하나하

나 별빛이 밝아집니다. 내 시야는 점점 넓어지고. 꿈의 모서리로부터 끝없는 기찻길이 놓이기 시작합니다. 시야는 점점 넓어지고. 기차 소리 들려오지만 기차는 보이지 않습니다. 더 넓혀갑니다. 이리저리 돌려가며 납작한 꿈을 부풀려 봅니다. 부풀어 오르는 내 여름밤. 기찻길. 별빛. 흔들리는 양귀비. 넓어지는 시야. 기차가 출발했던 곳까지 내달리는 나의 꿈. 내가 모르던 이야기들이 그곳에도 숨어 있습니다. 저 멀리 기둥 아래 한 사람의 그림자가 일렁이고. 그가 누구인지는 알 수 없지만 내 가슴속 슬픈 돌멩이. 슬픈 얼굴. 아버지라는 걸 압니다. 부풀어 오르는 꿈. 또 한 번 시야가 넓어지고. 또 다른 기둥에 가려져 보이지 않는 한 사람이 보입니다. 시야를 넓혀 들여다봅니다. 내가 사랑했던 사람. 내 사랑. 반가운 마음에 다가갔을 때 온갖 이유로 떠나간 그와의 이별이 떠올랐습니다. 미움도 괴로움도 두려움도 없이 나는 그 시간을 다 지켜보고. 되돌려진 시간 속에 긴 오해를 풀어가고 슬픔과 화해하며. 넓어지는 꿈속에서. 나는 용기를 내 다시 사랑을 붙잡아봅니다. 사랑의 손을 잡고 걷습니다. 어쩐지 우리 둘 맨발로 가볍게 거닙니다. 상처 입은 여름풀. 짙은 향기를 풍겨옵니다. 음악이 흐릅니다. 내가 좋아하는 여린 피아노 음악. 우리 둘 이제 거의 음악 속에 들어온 것 같습니다. 두 발이 떠오르고 하늘을 나는 것 같습니다. 구름 사이를 지나며 어릴 적 내가 잃

어버린 흰 개를 본 것도 같았습니다. 아무것도 바랄 것 없고 두려움 없는 마음. 나의 돌멩이, 나의 슬픔, 나를, 이기는 사랑을 내 손에 쥐고. 나는 음악처럼 더 가벼워집니다. 거의 없어질 듯. 그때. 사랑은 돌연 또 사라지고. 또 한 번 온갖 이유가 내 앞에 놓여있습니다. 나는 능숙하게 눈앞에 이유들을 하나하나 감추기 시작합니다. 두 발이 땅에 가까워지는 것 같습니다. 몸이 무거워지는 것 같습니다. 무거운 눈꺼풀. 천천히 눈을 뜹니다. 밤의 버스에 앉아 있습니다. 어디로 가는 길인지 기억나지 않습니다. 아버지가 돌아가신 지도 수년이 흘렀는데 이 새벽 나는 어디로 가는 걸까. 아무리 생각을 되짚어 봐도 이상합니다. 지금 나는 여름 밤길을 홀로 걷고 있으니까. 어디부터가 몽상의 시작이었을까. 사랑을 잃은 건 언제 적 일일까. 이 밤길은 왜 이렇게 길고 어두울까. 왜 아무도 보이지 않는 걸까. 얼마나 더 걸어야 집에 닿을까. 몽상의 끝에 나의 집 있을까. 백 번의 사랑을 잃고 백 두 번째 사랑에 빠져 걷고 있는 이 밤. 지금 여기. 저 멀리 쫑긋 세운 하얗고 작은 두 귀. 멍한 두 눈이 보입니다. 내가 잃어버린 흰 개. 나는 힘껏 달려봅니다. 안아봅니다. 너무 많은 이야기를 품고 너무 오래 헤맨 나의 하얀 개. 따뜻한 목욕. 옛날이야기. 담요 위의 잠. 부드럽고 깨끗한 음식. 작고 허름한 내 방 안에서 순한 숨을 내쉬는 작은 개. 내게 이렇게 해보라는 듯이. 나는 하얀 개를 따라 누워봅니

다. 눈을 감아봅니다. 어수선한 몽상의 이미지를 하나하나 거두어봅니다. 하얗게 지워지는 머릿속. 순하고 느린 숨. 흰 빛. 끝으로 나의 두 눈동자를 지워봅니다. 한없이 아름답고 가벼운 여름밤 내 가슴 위를 지나갑니다.

인화

➤

황인찬

◄

그는 저녁을 먹다 말고 여름 계곡의 물소리가 듣고 싶다
고 했다 거기에도 음악이 있다나

지난여름, 우리는 계곡의 한가운데 있었다

계곡물로 차가워진 수박과 웃고 떠드는 아이들, 여름의
빛과 근교 유원지의 나른한 소란스러움 따위로 가득한 곳

거기서 우리는 그 여름의 마지막 수박을 갈랐다
그러자 쩍 소리와 함께 시커먼 속이 보였다

그것은 믿을 수 없을 정도로 달고 시원했지만 그다음 일

은 잘 기억나지 않는다 산속의 밤이 어두웠고 반딧불의 흐린 빛은 물 위를 떠돌다 곧 사라졌다는 것만이 기억날 뿐

지금도 그날을 생각하면 수박의 시커먼 속에
희고 작은 빛이 어른거리는 장면만 떠오른다

그런데 그 수박은 뭐였을까? 그가 질문을 꺼내자 설명할 수 없는 침묵이 그날의 저녁을 가득 채우기 시작했다

그 후로 우리의 삶은 결코 해명되지 않는 작은 비밀을 끌어안은 채로 계속된다

잠들기 전 끝없이 이어지는 생각의 끝에도
무심코 올려다본 하늘이 너무 아름다워 놀라는 순간에도

그 여름은 뭐였을까, 자꾸 생각하게 되고

우리의 생활은 여름밤의 반딧불이 점멸하다 사라지는 것처럼 갑작스럽게 끝나게 된다

외투는 모직 신발은 피혁

➤

황인찬

◄

비 오는 겨울 저녁, 우산이 없습니다
흠뻑입니다 흠씬입니다

마음속에 정원이 있다면
작은 돌들이 구르고 깨질 텐데

저는 마음이 없군요 사람도 아니군요
우산을 쓴 사람이 바지를 입은 사람에게

"진심이야?"
묻고 있습니다

저는 그냥 빗속을 걷습니다
무심하게 걷습니다

비도 가득 마음도 가득 가로등도 가득 돌도 가득
그런 것이 신도시의 비 오는 저녁 풍경이고

전광판에는
사람이 미래라고 적혀 있습니다

"너도 사람이야? 네가 인간이야?"

사람이 사람에게 자꾸 사람이 맞느냐고 묻는 광경이 하
염없이 펼쳐지면 저녁은 깊어지고 비바람은 거세집니다

가도 가도 사람뿐인 이 도시에서 잠시
없지만 따뜻한 마음과
없지만 작은 정원을 생각합시다

명상합시다

…… 맑은 날 잔디밭에 둘러앉아 음식을 나누는 학생들
과 어쩐지 한국에서는 보기 어려운 홈 파티의 풍경, 이유

없이 웃는 사람들 사이에서 홀로 어두운 눈의 아이가 하나

눈을 뜨면 여전히 겨울비가 쏟아집니다

사람이 먼저라고 말하는 사람과
나중에라고 말하는 사람들 사이에서

비인간은 걷겠습니다
생각 없이 걷겠습니다

몸이 차서 이가 자꾸 부딪히는군요
그래도 걷겠습니다 주머니 속 작은 돌을
손에 꼭 쥐고

여기서 끝나야 시작되는 여행인지 몰라

드로잉

이상홍

pooroni

Open Hands

우연식

이부록

김용관

김태헌

최재훈

백두리

국동완

구현성

김현정

D-50

이상훈

박사십교자들

이용훈

부사장교자동

net

pooroni

Physically apart, socially connected

Open Hands

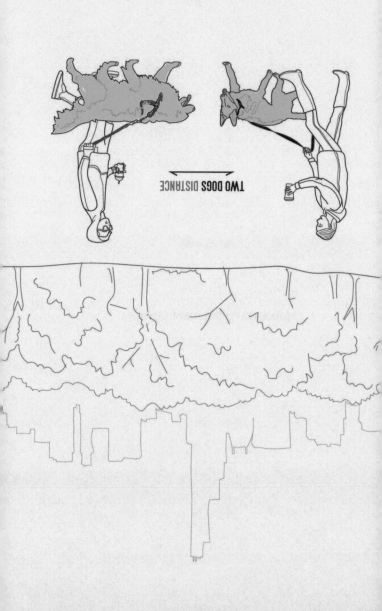

Physically apart, socially connected

Open Hands

A SEESAW DISTANCE

응원가

바람이 되어 가기

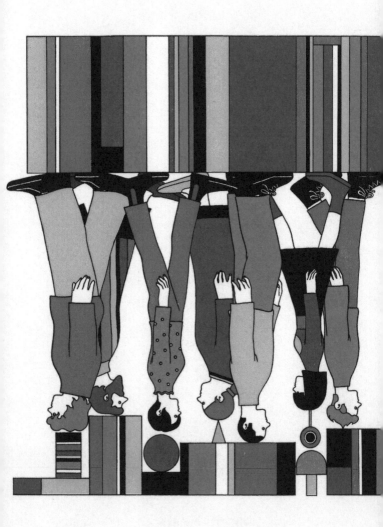

WARVATA Aphorism

이나록

D-62

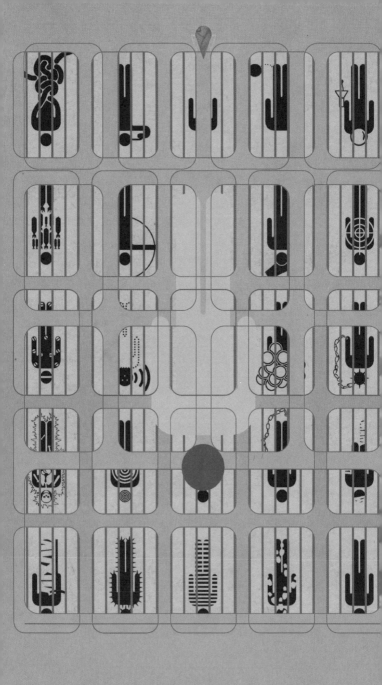

이너룩

CORONA Aphorism

HILBERT HOTEL

김배흥

·

경상남 고고나19

D-70

효제훈

기정 유리

D-72

홍제원

청나라 군대에

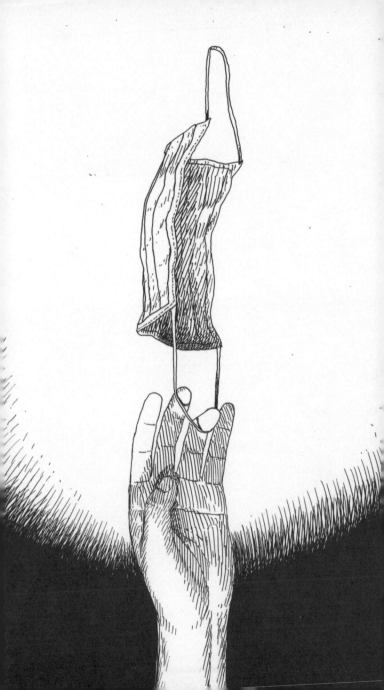

해설리

제3장

국문초록

결코 그것 이제 마음하지 않다

romantic ruins

———

고풍유적

수직선

제자리 돌기

구원이

이것고 지역 그리고 곳에서

Rose Dust

강현지